Ruth Löbner

Vielleicht verliebt?

Ruth Löbner

Vielleicht verliebt?

Mit Vignetten von Karsten Teich

Boje

Dieser Titel ist auch als E-Book erschienen

Boje Verlag
in der Bastei Lübbe GmbH & Co. KG

Originalausgabe

Umschlaggestaltung: Gisela Kullowatz, Köln, unter Verwendung einer Illustration von Karsten Teich
Umschlagmotiv und Innenillustrationen: Karsten Teich
Satz: Büro 86, Hainburg
Gesetzt aus der Scala regular
Druck und Einband: GGP Media GmbH, Pößneck

Printed in Germany
ISBN 978-3-414-82325-0

5 4 3 2 1

Sie finden uns im Internet unter:
www.boje-verlag.de

»Eckstein, Eckstein ...«
Elisa hat es mir nicht leicht gemacht. Ganz schön lange hat sie kichernd in ihrem Versteck gehockt und wollte sich nicht zeigen. Zum Glück hat mir das Ministerium für Familie, Kinder, Jugend, Kultur und Sport des Landes NRW ein Arbeitsstipendium spendiert, sodass ich mir für die Suche ein bisschen mehr Zeit lassen konnte. Dafür möchte ich mich ganz herzlich bedanken!

Bist du bereit?« Elisa sieht dem Käfer tief in die Augen. »Dann gib alles!« Vorsichtig setzt sie ihn zwischen den Socken und dem Stapel mit den Origami-Fröschen im Experimentparcours ab. Der Käfer krabbelt los.

Elisa denkt mit aller Kraft an Joram. Sie versucht gar nicht erst, sich sein Gesicht vorzustellen. Das hat sie hundert Mal probiert – und es hat hundert Mal nicht funktioniert. Sie konzentriert sich lieber auf seinen Geruch. Dazu muss sie nur die Augen zumachen, und schon riecht sie ihn vor sich: Joram duftet, wie eine braune Blume duften würde, wenn es braune Blumen gäbe. Ein bisschen süß, ein bisschen herb. Elisa weiß nie, ob dieser Duft sie an den Frühling oder an den Herbst erinnert, ob er sie glücklich oder traurig macht oder alles auf einmal.

»Bin ich in ihn verliebt«, fragt sie mit fester Stimme, »oder bin ich nicht?« Sie atmet tief ein und schlägt die Augen wieder auf.

Der Käfer bleibt abrupt vor dem Schatten stehen, den der grüne Bauklotz auf den Boden wirft, als wäre

der Schatten ein Hindernis. Dann krabbelt er im weiten Bogen in der Sonne weiter Richtung Stinkesocken.

Ist das schon der entscheidende Hinweis? Die Botschaft, die der kosmische Plan Elisa schicken will? Ist Joram ein Schatten, um den sie einen Bogen machen sollte? Liebesmäßig?

Allerdings ist es ziemlich bekloppt von dem Käfer, einen Bogen um einen Schatten zu machen. Er hätte einfach drüberlatschen können, ohne dass ihm was passiert wäre. Ist also das die Botschaft vom kosmischen Plan? Soll Elisa gefälligst schlauer sein als ein Käfer und einfach drauflosmarschieren? Auf Joram? Liebesmäßig?

Der Käfer setzt einen gelbbraunen Mikrokackeklecks auf den Boden und hebt seine harten Flügelschalen hoch. Darunter entknittern sich die frischhaltefolienartigen Flug-Flügel.

»Du kannst jetzt nicht weg.« Elisa erklärt es ihm ganz langsam. »Ich hab noch keine Antwort.« Der Käfer zieht die Knitterdinger wieder ein und klappt seinen gepunkteten Rucksack zu.

»Brav!«

Vielleicht hat sie zu viele kitschige Geschichten im Fernsehen gesehen oder die falschen Bücher gelesen, jedenfalls hat Elisa sich immer vorgestellt, wenn sie sich verliebt, würde ein Feuerwerk explodieren. Oder ein Orkan brausen. Oder ein Regen Konfetti niedergehen. Oder sie würde einen Frauenchor irgendeine Schnulze trällern hören. Nichts davon ist passiert.

Es sind aber andere Sachen passiert, seit sie Joram kennt – kleinere, leisere. Kein Feuerwerk, aber immerhin Glühwürmchen. Zum Beispiel, wenn seine Ohren rot anlaufen, was sie ziemlich oft tun. Kein Orkan, aber ein sanfter Windhauch. Zum Beispiel, wenn sie miteinander reden und Elisa plötzlich merkt, wie krass anders man die Welt sehen kann. Kein Frauenchor, aber so eine Art Gesumm. Zum Beispiel, wenn Joram am Klavier sitzt und sich das ganze Wohnzimmer in eine schwingende gedankenfreie Glücksblase verwandelt.

Und die Sache mit dem Konfetti ist das Merkwürdigste überhaupt.

Es war vor ungefähr zwei Monaten in ihrem Zimmer. Joram wollte Elisa etwas schenken. Was an sich ja schon mal aufregend war, immerhin kannten sie sich da gerade mal seit einer Woche. Noch aufregender wurde es dann aber, als sich rausstellte, was das Geschenk war: das grüne Notizbuch nämlich, für Elisas Ersatz-Namens-Suche. Damit hätte sie niemals gerechnet. Als sie Joram am Wochenende davor erzählt hat, dass sie ›Elisa‹ einen unterirdisch unpassenden Namen findet und deswegen schon seit Ewigkeiten einen neuen sucht, hat er das überhaupt nicht verstanden (dachte Elisa). Er hat dazu bloß gesagt, dass *er* ›Elisa‹ einen schönen Namen findet. Und damit war die Sache für ihn erledigt (dachte Elisa).

War sie aber doch nicht. Was das Notizbuch bewiesen hat. Was wiederum bewiesen hat, dass Joram genau kapiert hat, wie wichtig Elisa die Namenssuche ist. Was wiederum bewiesen hat, was für eine Art Mensch Joram ist, nämlich die voll durchblickende Sorte.

Jedenfalls. Es gab ein Problem bei der Geschenkübergabe. Das Chaos in Elisas Zimmer hatte an diesem Tag nämlich die letzte Stufe vor der automatischen Verbesserung erreicht. Es war also ziemlich voll überall, auch auf dem Boden. Das Notizbuch steckte in Jorams Umhängetasche, wo er es nicht rausholen konnte, weil er fast im Spagat auf den letzten beiden Fitzeln freier Bodenfläche stand und mit den Armen rudern musste, um das Gleichgewicht nicht zu verlieren.

Um ihn zu retten, hat Elisa dann an seiner Hand gezogen. Und jetzt kommt's: Bei dem Ruck ist plötzlich zwischen ihnen ein Konfettischnipsel auf den Boden geflittert. Aus völlig heiterem Himmel. Es war zwar kein ganzer Regen, aber immerhin dieses eine schimmernd blaue Tröpfchen.

Und nun ist die Frage aller Fragen, was das zu bedeuten hat.

Durch das offene Fenster weht ein Sommermorgenlufthauch mit Lavendelduft. Der Käfer krabbelt gemütlich quer durch den Parcours. Dort, wo sich die Origami-Frösche zu einem Gebirge türmen, durch das ein schmaler Tunnel führt, bremst er ab und zögert. Der Tunnel hat zwei Ausgänge, aber das kann der Käfer unmöglich sehen. Er zögert trotzdem. Und mitten in das Zögern hinein durchfährt Elisa ein hammermäßiger Blitzgedanke, die Idee, wie sie den Parcours perfekt machen kann!

Sie springt vom Boden auf, holt ihr Schatzkistchen aus dem Regal und tupft sich den blauen Joram-Konfettischnipsel auf ihren Mittelfinger. Vorsichtig legt sie ihn vor dem rechten Tunnelausgang auf den Boden.

»Danke, dass du gewartet hast!«, wispert sie dem Käfer zu. »Jetzt kannst du wieder.«

Der Käfer krabbelt wirklich sofort los und verschwindet unter den Fröschen. Elisa beobachtet die Tunnelausgänge. Ihr Herz rast. Wo wird der Käfer rauskommen? Rechts, beim Konfetti, dann ist sie verliebt. Links, dann ist sie nicht verliebt.

Ihre Augen wandern von Tunnelausgang zu Tunnelausgang.

Rechts?

Links?

Links?

Rechts?

Der Käfer lässt sich Zeit. Tock, tock, tock pocht Elisas Herz. Allerdings nicht mehr ganz so schnell wie vorhin.

»Du machst das genau richtig«, flüstert sie, »es ist nicht eilig, aber dafür superwichtig. Lass dir Zeit.« Sie checkt weiter die Tunnelausgänge. Rechts, links. Hin, her. Sie checkt den Tunnel*ein*gang. Nicht, dass der Käfer vorne wieder raustrippelt! Aber nichts. Nirgendwo.

Von draußen bollert es plötzlich an die Tür. Oh nein! Zwillingsalarm! Elisa hat vergessen, das rote Tuch um die Klinke zu binden, damit die Kleinen Bescheid wissen, dass sie nicht stören durfen!

»Nicht reinkommen!«, ruft sie. Aber da drängeln sich Mai und Juni schon hopsend durch die Tür. Der Boden bebt und die Origami-Frösche rascheln bedrohlich im plötzlichen Durchzug.

»Uns ist langweilig«, sagen beide gleichzeitig. Das haben sie bestimmt vorher geübt.

Elisa starrt weiter auf die Tunnelausgänge. »Geht doch in den Kindergarten.«

»Der hat aber zu, du Dummi!«, sagt Juni empört. »Heute ist doch Samstag! Wir wollen, dass jetzt endlich das Umziehauto mit Tristan drin kommt und dass der seine ganzen Sachen hier reinträgt und dann sofort für immer bei uns wohnt und unser Stiervater ist.«

»Das heißt *Stief*vater«, verbessert Mai. »Und ich will das gar nicht. Mir ist bloß langweilig, weil du uns keine Papa-Paul-Geschichte erzählst.« Sie stürzt sich auf Elisa und versucht, sie in den Papa-Paul-Geschichten-Erzähl-Kopfstand umzudrehen.

»Nicht!« Elisa verliert das Gleichgewicht und das Froschgebirge aus den Augen. »Mann!« Sie schiebt Mai von sich weg. Sie hat jetzt definitiv keine Zeit, um sich für die Kleinen ein Supergeheimagentenabenteuer auszudenken. »Ich bin grad mitten in einem Experiment.«

Juni geht sofort auf alle viere runter und sucht den Parcours mit den Augen ab. »Wo ist denn der Käfer?«

»Weiß ich nicht genau. Der ist da unter die Frösche gekrabbelt.«

»Dürfen wir hierbleiben und warten, bis der wieder rauskommt?«

»Was willst du denn von dem Käfer wissen?«

»Erzählst du uns danach eine Geschichte?«

Ein Paar riesige olivfarbene Kulleraugen zwischen

lockigen Springbrunnenzöpfen und ein Paar riesige olivfarbene Kulleraugen unter einem frisch selbst geschnittenen Raspelpony glänzen Elisa bittend an.

»Nein«, sagt sie streng. »Bei diesem Experiment muss ich allein sein. Und es ist geheim. Tschüss.« Sie schiebt Mai und Juni in Richtung Zimmertür.

»Dann soll aber jetzt wenigstens Tristan kommen!«, quengelt Juni.

»Er kommt im richtigen Moment«, tröstet Elisa, »weißt du doch.«

»Aber der richtige Moment soll *jetzt* sein!«

Elisa schiebt die beiden noch ein Stück in den Flur, dann drückt sie die Tür zu. Der oberste Frosch wird vom Luftzug ein Stück weggeweht. Es bollert noch mal gegen die Tür und Juni brüllt: »Du bist eine total doofe Elisa!« Dann patschen vier nackte Füße wütend über die Dielen davon und es ist still.

Elisa hockt sich auf den Boden, legt den Frosch zurück an seinen alten Platz und versucht, sich wieder auf das Experiment zu konzentrieren. Hoffentlich ist der Käfer inzwischen nicht unbemerkt abgehauen! An den Ein- und Ausgängen tut sich nichts. Der Konfettischnipsel liegt einsam da und glitzert in der Morgensonne wie eine Diskokugel in einem leergefegten Tanzsaal.

Elisa wartet.

Und wartet.

Eigentlich darf man in Käferexperimente nicht eingreifen. Das würde das Schicksal stören. Sinn des Ganzen ist es ja, den Käfer nur zu beobachten und zu deuten, was er tut. So kann man dem kosmischen Plan bei wichtigen lebenstechnischen Angelegenheiten ein bisschen in die Karten gucken. Hat hunderttausend Mal hervorragend geklappt.

Aber wie soll Elisa bitte schön etwas deuten, wenn sie den Käfer nicht sieht? Sie weiß ja nicht mal, ob er überhaupt noch da ist!

»Das ist ein Notfall«, murmelt sie und nimmt das Froschgebirge auseinander: Der Käfer. Ist. Verschwunden.

»Ich fass es nicht.« Sie faltet – einen nach dem andern – die Frösche auf. Den mit den blauen Blümchen. Den mit den roten Karos. Den mit den gelb-orangen Zickzacken. Und da! In der Maulfalte vom uniblauen findet sie ihn endlich. Seelenruhig klebt er am Papier, ohne sich zu mucksen.

Der pennt!

Ob das ein Zeichen ist?

Durchs Fenster weht wieder eine Lavendel-Windbö und Juni rappt auf der Wiese: »Tris-tan! Tris-tan! Komm jetzt! Ko-ko-ko-komm jetzt!« Mai macht dazu rhythmische Pupsgeräusche mit dem Mund.

Was könnte es bedeuten, dass der Schicksalskäfer so kurz vor dem Ziel schlappmacht? Findet der kosmische Plan vielleicht, dass Elisa gar nicht wissen soll, ob sie verliebt ist oder nicht? Müssen sich erst mehr Glühwürmchen ansammeln oder das Gesumm lauter werden oder noch mehr Konfetti niedergehen? Oder weniger? Hat das Schicksal sich vielleicht einfach noch nicht entschieden? Findet es die ganze Sache vielleicht genauso verwirrend wie Elisa?

Eigentlich dachte sie nämlich immer, sie würde sich in jemanden verlieben, der so ähnlich ist wie sie. Jemand, mit dem sie zugewachsene Waldwege entdecken und freischlagen und dann ausprobieren kann, wo sie hinführen. Jemand, der es gerne wuselig und voll und laut hat. Jemand, der an den kosmischen Plan glaubt. Jemand, der ihr in der Fußgängerzone bei der Passantenbefragung zum Thema ›Hat das Universum Grenzen und wenn ja, warum?‹ hilft. Jemand, der gerne bei Regen draußen ist und am liebsten von allem auf der Welt Schnee isst.

Und nun ist es (vielleicht) Joram.

Joram, der noch nicht mal bei Sonnenschein gerne draußen ist. Joram, der stundenlang mutterseelenallein am Klavier sitzt und immer wieder dieselben Tonleitern übt, ohne sich zu langweilen. Joram, der nicht an den kosmischen Plan, sondern an Logik und Zufälle glaubt. Der so schüchtern ist, dass seine Ohren sogar rot anlaufen, wenn er mit Leuten redet, die er gut kennt. Was bei einer Passantenbefragung mit diesen Ohren passieren würde, will Elisa lieber nicht ausprobieren. Ob er Schnee mag, weiß sie nicht. Aber mit einer selbst geschnitzten Machete im Wald kann Elisa ihn sich definitiv nicht vorstellen.

Vielleicht explodiert deswegen kein Feuerwerk? Braust kein Orkan? Singt kein Chor?

»Tristan! Tris-tis-tis-tis-tan! Komm jetzt! Jetzt, uh jähr!«

Aber sein Duft! Und seine klugen Augen, die alles ganz genau beobachten. Wie er zuhört, mit dem Höchste-Konzentrations-Mund, und anschließend was sagt, das Elisa total umhaut. Wie er Juni stundenlang ihr Lieblingsbuch vorliest, immer und immer wieder von vorne, ohne die Geduld zu verlieren. Und wie er es manchmal sogar schafft, Mai zum Lächeln zu bringen, was außer Opa Eins noch keinem Mann gelungen ist! Na gut, vielleicht noch Tristan.

Selbst wenn Joram einfach nur irgendwo sitzt und gar nichts macht, steuert Elisa automatisch auf ihn zu. Auf den ersten Blick ist er nur ein unauffälliger schwarzer Stein, aber wenn sie in seine Nähe kommt, merkt Elisa, dass er in Wirklichkeit ein Magnet ist. Und Elisa die Büroklammer. Oder so.

Sie beguckt sich den schlafenden Käfer auf dem aufgefalteten Frosch. Die Sache ist echt kompliziert. Kein Wunder, dass der arme Kerl damit überfordert ist.

Es weht wieder so eine Brise durchs Fenster. Noch

kühl von der Nacht, aber mit einem watteartigen Nachwind, der ›Heute wird ein heißer Tag‹ flüstert. Elisa legt den Käfer sanft auf der Fensterbank ab und hängt sich ein Stück raus in den Morgen. Von Tristan und dem Umzugswagen noch keine Spur. Der Rap ist inzwischen zu Opern-Gesang mit Mundharmonikabegleitung mutiert. Würdevoll schreiten die Musiker im Gänsemarsch am Fenster vorbei. »Oh bitte, komm jääääää-häääää-hääääääääääätzt!«

Auf einmal wird der Käfer wieder munter, krabbelt an Elisas Unterarm vorbei zur Fensterbankkante und hebt ab. Ihre Augen verfolgen ihn noch bis zum Apfelbaum, dann stellen sie, ohne dass Elisa es will, auf die Äste scharf, und der Käfer ist nur noch eins von tausend kleinen Pünktchen, die durch den Garten schwirren.

Es ist Elisa noch nie passiert, dass ein Experiment keine Antwort gebracht hat.

Vor dem Haus hupt es. Der Gesang unterm Fenster verstummt.

»Wüüüüüüüüühhh Umziiiiiieh-Autwöööööhhhhh!«, ruft Mai in die Mundharmonika.

»Tristan ist da! Wir haben ihn angelockt!«, jubelt Juni. Dann sausen sie über den Rasen zur Haustür.

Elisa tupft sich den Konfettischnipsel aus dem Käferparcours wieder auf den Finger und legt ihn behutsam zurück in ihr Schatzkistchen. Vielleicht erwartet sie ja ein bisschen zu viel von diesem Tag: Der netteste Stiefvater, den man sich nur denken kann, zieht heute bei ihnen ein!

Da sollte sie die Frage, ob sie nun in seinen Sohn verliebt ist oder nicht, vielleicht besser ein anderes Mal klären.

Hi.« Elisa fühlt die warme Sonne auf ihren Haaren und den kühlen Steinboden unter ihren Füßen und das wilde Herzgeklopfe irgendwo genau dazwischen.

»Hi«, sagt Joram und streicht sich eine Strähne aus der Stirn. Etwas unschlüssig steht er vor dem Möbelwagen.

»Jetzt ziehen wir zusammen, was?« Elisa lächelt ihn an.

Er lächelt nicht zurück. »Na ja, zumindest für die Wochenenden.«

»Freust du dich? Ich freu mich total.« Sie hätte eigentlich Glühwürmchen und den Windhauch und das Gesumm erwartet, wenn sie Joram sieht, aber heute überkommt sie nur das ganz starke Gefühl, dass irgendwas nicht stimmt.

Joram lächelt immer noch nicht.

»Ist was mit dir?«

Seine Stimme wird leise. »Kann ich jetzt nicht drüber reden«, nuschelt er. »Vielleicht wenn wir Pause machen?«

»War was mit Tristan?« Wäre ja nicht das erste Mal, dass die beiden Knatsch miteinander haben. Aber Joram schüttelt den Kopf.

»Ihr Süßen seid im Weg. Hi, Elisa.«

»Hi.« Tristan und sie klatschen sich ab, dann schwenkt Tristan die Ladetüren auf. Juni hängt dabei an seinem Bein.

Elisa beguckt sich das Innere des Wagens. »Das sind aber viele Kisten! So groß war deine Wohnung doch gar nicht.«

Tristan zieht den Juni-Saugnapf sanft von seinem Bein ab, schwingt sich auf die Ladefläche und zeigt auf einen beachtlichen Stapel Kartons, die alle mit einem roten X markiert sind. Wie ein Actionheld, dem riesenschwere Kartons mal so rein gar nichts ausmachen, schnappt er sich einen davon und flüstert verschwörerisch: »Kinderkartons.« Dann reicht er ihn von oben an Juni runter, die ihn mit großen Augen in Empfang nimmt.

»Ich kann den tragen!«, ruft sie, und man hört ihrer Stimme an, dass sie es selbst kaum glauben kann. »Guck mal, Tristan, ich bin stark!«

»Aber hallo!« Tristan macht ein anerkennendes Gesicht.

»Ich bin auch stark!«, knurrt Mai, krempelt zum Beweis ihren T-Shirt-Ärmel über die Schulter hoch und lässt ihre Muckis spielen.

Dann stapft sie mit düsterem Blick zum Umzugswagen.

»Hai-Mai«, begrüßt Tristan sie grinsend.

Mai grunzt bloß. »Ich will auch einen. Gib.«

Nur der Fachmann kann erkennen, wie sich ein aufgeregtes Lächelfältchen in ihre Augenwinkel stiehlt, als sie den nächsten X-Karton in die Arme schließt. Es sieht sehr wichtig aus, wie die beiden ihre Beute ins Haus schleppen, die ungefähr genauso groß ist wie sie selbst.

»Wo sind die Erwachsenen?«, fragt Tristan.

»Noch drinnen, die schmieren 'ne Milliarde Butterbrote.« Elisa dreht sich in Richtung Haus, formt mit den Händen einen Trichter um ihren Mund und brüllt: »Eva! Oma Eins! Opa Eins! Tristan ist da!«

»Äh, danke!« Tristan verzieht das Gesicht in gespieltem Schmerz und steckt sich den Zeigefinger ins Ohr. »Jetzt wissen auch die Nachbarn Bescheid. Vielleicht kommen die mithelfen.«

Elisa grinst. »Oder sie flüchten.«

Jorams Gesicht verdüstert sich. »Und was ist mit den Kartons, die kein X drauf haben?«

Tristan grinst. »Das sind die schweren.«

»Aber die haben gar keine Nummern.«

»Nö.« Tristan hievt einen Karton von einem mannshohen Stapel runter. Jetzt sieht er nicht mehr aus wie ein Actionheld.

»Und auch keine Zimmer?«

»Richtig.«

Joram seufzt. »Dann gibt es wohl auch keine Liste, wo draufsteht, was in welchem Karton drin ist?«

Tristan setzt seine Ladung ächzend ab. »Es war alles ein bisschen hektisch bei mir«, erklärt er. »Und ich konnte auch nicht so packen, dass immer klar ist, in welches Zimmer der Karton gehört. Bücher mit Klamotten zusammen, Teller mit Kopfkissen.« Er zuckt die Schultern. »Verstehste?«

»Aber die beiden Kartons, die *ich* gepackt habe«, sagt Joram, »mit *meinen* Sachen drin, die gibt es doch noch, oder?«

»Also, das war so ...« Tristan kratzt sich am Kopf.

»Papa?!«

»Kumpel, die waren einfach zu schwer, mit deinen ganzen Büchern und so. Ich musste da ein bisschen umverteilen.«

Joram nimmt schweigend einen tiefen Atemzug. »Zum Glück hab ich alles Wichtige bei Mama«, murmelt er. Dann sagt er laut zu Tristan: »Und woher sollen wir jetzt wissen, wo die Kartons hinsollen?«

Ordnung und Beschriftungen und Pläne sind eine wichtige Sache für Joram. Elisa muss an ein Käferexperiment denken, das sie vor Kurzem mit ihm zusammen gemacht hat. Das hat eindeutig ergeben, dass Gegensätze sich anziehen. Vielleicht ist Joram einfach ihr Gegenteil?! Das würde doch so ziemlich alles erklären.

»Pass auf«, sagt sie, um Tristan ein bisschen beizustehen. »Wenn man keine Nummern auf die Kartons schreibt und deswegen nicht genau weiß, wie viele man in der alten Wohnung gepackt hat und wo sie hinsollen, dann kann man in der neuen auch nicht so schnell merken, wenn einer fehlt.«

»Eben!« Joram guckt wie jemand, der findet, dass er das Falsche erklärt bekommt.

»Das ist doch cool!« Elisa lächelt ihn an. »Stell dir mal vor: Einer von den Kartons landet aus Versehen irgendwo, wo er nicht hingehört. Im Keller zum Beispiel oder in der Garage. Irgendwann fragen wir uns: ›Haben wir jetzt alle Kartons ausgepackt?‹ ›Glaube schon.‹ ›Nichts vergessen?‹ ›Nicht, dass ich wüsste.‹« Elisa spricht mit wechselnden Stimmen, damit Joram sich alles ganz genau vorstellen kann. »Und diesen einen verschollenen Karton finden wir dann – sagen wir mal – ein Jahr später wieder. Wir packen ihn aus, und tadadadaaa! – kommen lauter coole Sachen raus. Wir haben die gar nicht vermisst, aber jetzt fallen sie uns wieder ein. Und dann fühlt es sich an, als wären das neue Sachen, bloß welche, mit denen wir uns total auskennen.«

Jorams Gesicht macht keinen erleuchteten Eindruck.

»Willst du das ganze Spannende verpassen, nur wegen ein paar blöden Nummern?«, fragt Elisa.

Joram sieht sie lange an, ohne zu antworten. Zwischen seinen und ihren Augen spannt sich eine magische Blickschnur. Elisa bekommt Herzklopfen und sieht die ersten Glühwürmchen antanzen. Aber als Joram immer weiter schweigt, macht sie sich plötzlich Sorgen. Hat sie etwa einen Wortstau bei ihm ausgelöst? Mit dem bisschen Karton-Gerede? Joram hat ihr das mal erklärt, als sie wissen wollte, warum er immer seine Tasche mit sich rumträgt: Bei einem Wortstau knubbeln sich in seinem Kopf die Gedanken, sodass er kein einziges Wort mehr rausbringt. Seine Stimme versagt, er kann nicht mal mehr flüstern, und am Ende muss er sein Notizbuch aus der Tasche zücken und da reinschreiben, was er sagen will. Am häufigsten passiert ihm das, wenn er mit Tristan zusammen ist.

Elisa könnte so was nicht passieren. Nicht nur, weil sie sich mit Tristan so gut versteht, sondern überhaupt. Wenn sich bei ihr die Gedanken stauen, nutzen sie die Gelegenheit immer dazu, einen riesigen Kaffeeklatsch zu veranstalten. Alle reden durcheinander, laufen zwischen den Kuchen und Torten hin und her und bedienen sich am Saft. Manche sind schon wieder gegangen, ohne dass Elisa es gemerkt hat. Andere kommen, bringen Freunde mit. Und ganz zum Schluss sitzt sie meistens mit einem einzigen am Tisch und wundert sich, dass es plötzlich so still ist.

»Wenn alles ordentlich ist, können *auch* spannende Sachen passieren«, sagt Joram.

»Was?« Elisa weiß inzwischen nicht mehr, worum es eigentlich ging, aber immerhin hat Joram wohl doch keinen Wortstau.

Bevor er ihr antworten kann, kommen Eva, Oma und Opa Eins aus dem Haus.

»Da seid ihr ja! Einen wunderschönen guten Morgen.« Tristan strahlt sein Ich-hab-Eva-gesehen-Strahlen. Voll romantisch! Bei den beiden war es die berühmte Liebe auf den ersten Blick. Elisa linst zu Joram rüber. Wenn es bei ihr doch bloß auch so eindeutig wäre!

***

Am Abend räkeln sich Elisa und Joram auf Tristans Sofa. Elisa hat die Augen zu, ein sanfter Wind streicht ihr um den Kopf und bringt den Duft von Zedern, Lavendel, Abendsommerkühle und brauner Blume mit.

»Ein Sofa im Garten«, murmelt sie. »Ist das nicht genial?«

»Es wird nass werden«, murmelt Joram zurück.

»Nur wenn es regnet.« Elisa öffnet ihr linkes Auge einen Spalt und linst zu Mai und Juni rüber, die in einigem Abstand auf Mais Decke im Gras liegen. »Willst du jetzt drüber reden?«, fragt sie Joram leise. Sie hatten keine einzige Minute allein miteinander, und Jorams Laune war den ganzen Tag total im Keller. Tristan hat ständig versucht, ihn aufzumuntern, aber das hat alles nur noch schlimmer gemacht.

»Wodrüber reden?«, ruft Juni von der Decke. Was die für Luchs-Ohren haben!

»Über nix!«, ruft Elisa zurück.

»Ich bin eh zu fertig.« Joram sinkt noch ein Stück tiefer ins Sofa ein.

Elisa sinkt genüsslich mit. »Vielleicht morgen?«

»Ja, wenn ich dann noch irgendwas bewegen kann.«

Elisa grinst mit geschlossenen Augen. Sie weiß genau, was Joram meint. Ihr Körper fühlt sich an, als hätte ihn jemand Stück für Stück auseinandergenommen, jedes einzelne Teil durchgeknetet, rumgewirbelt und ein paar Mal auf den Boden gekloppt, sie dann wieder zu einem matschigen Ganzen zusammengesetzt und aufs Sofa geschmiert. Es fühlt sich irgendwie toll an. »Das war der anstrengendste Tag meines Lebens«, seufzt sie zufrieden, die Augen immer noch zu. Joram neben ihr brummt zustimmend.

»Meiner auch«, hört sie Mai und Juni zweistimmig rufen.

»Wir haben mindestens eine Mijohn Kisten geschliffen!«, sagt Juni.

»Das heißt ›geschleift‹. Und ich bin gleich verhungert, wenn nicht bald mal Eva und Tristan mit der Pizza kommen«, dröhnt Mai hinterher.

Elisa schnuppert. »Ich riech sie schon.« Träge macht

sie die Augen auf und blinzelt zum Wohnzimmer rüber, aber von Tristan und Eva ist nichts zu sehen. Und von der Pizza auch nichts mehr zu riechen. War wohl nur Wunschdenken. Sie macht die Augen wieder zu – und der Duft schleicht sich sofort zurück in ihre Nase.

»Da sind sie!«, ruft Juni.

Dann hatte Elisa doch recht! Ob man besser riechen kann, wenn man nichts sieht? Dazu wird sie ein Experiment machen müssen. Aber das hat Zeit bis morgen.

»Essen fassen!« Tristan stellt einen Turm Pizzakartons auf seinem Bistrotisch ab. Der Tisch hat nirgendwo mehr ins Haus gepasst, genau wie das Sofa, und steht jetzt auch im Garten.

»Wo sind denn Oma und Opa Eins?«, fragt Eva.

»Die wollten Wasser und den Pizzaschneider aus der Küche holen.« Elisa richtet sich vorsichtig auf. »Ist aber schon 'ne Weile her.«

»Ich geh mal gucken.« Eva verschwindet im Haus.

Tristan klappt den obersten Pizzakarton auf. »Eine große mit ohne Käse und extra Tomatenpansche«, verkündet er.

»Wir!«, schreit Juni und trägt die Pizza auf die Decke.

»Eine große, halb Salami, Pilze, Mais, Oliven, Kapern, Sardellen und Ananas und halb Margherita?«

»Wir«, sagt Elisa, und dass sie sich mit Joram eine Pizza und ein *Wir* teilt, findet sie trotz ihres matschigen Zustands total romantisch.

»Guten Hunger.« Tristan reicht Elisa den Karton. »Aber nicht auf meinem Sofa!«

Elisa lässt sich auf den Boden runtergleiten und grinst zu Tristan hoch. »Dann hoff ich mal für dich, dass heute Nacht keine Fledermaus kommt und dir auf dein heiliges Sofa draufpieselt.«

»Oder eine Eule da draufkackt«, jubiliert Juni.

»Oder eine Katze in der Ritze fünfzig Kinder kriegt.« Mai verdeckt ihr Grinsen schnell mit einem großen Stück Pizza.

»Ihr seid ein Haufen frecher, respektloser, unerzogener und origineller Kinder«, sagt Tristan gespielt empört. Dann wendet er sich an Joram: »Kumpel, steh deinem armen Vater gefälligst mal bei gegen diese unmögliche Bande!«

Joram sieht Tristan mit dunklen Augen an und sagt nichts. Elisa kennt diesen Blick inzwischen. Und auch wenn sie nicht hundertprozentig genau weiß, was er bedeuten soll, hat sie sich so ungefähr zusammengereimt, dass Joram den immer dann verschickt, wenn Tristan vergisst, dass es mal ein anderes Leben gab, in dem er und Jorams Mutter noch zusammen waren. Und dass Joram sich in diesem Leben voll wohl gefühlt hat. Und dass das neue nicht seine Idee war.

Wenn sie ihn nicht besser kennen würde, könnte Elisa glatt meinen, dass Joram *deswegen* so schlecht drauf ist. Dass er mit seiner miesen Laune gegen den

Umzug protestiert oder gegen das neue Leben generell. Aber zum Glück *kennt* sie ihn besser. Mit ihm ist irgendwas anderes los.

»Hey, Kumpel.« Aus Tristans Gesicht ist jetzt aller Spaß verschwunden. »Das sollte doch nur ein Witz sein.«

Joram nickt. »Weiß ich.«

»Sodele!« Oma Eins kommt in den Garten und streicht sich erst die Schürze glatt, dann die Haare. »Da sind der Opa Eins und ich wohl in der Küche eingeschlafen.« Sie lächelt verlegen.

»Wo denn?« Junis Gesicht macht sich bereit für die Sensation des Jahres.

»Auf den Stühlen.«

»Boah!«

»Und das auf unsere alten Tage!« Opa Eins kichert, kniet sich knirschend zu den Zwillingen auf die Decke und rollert ihre halb zerrupfte Pizza in kleine Stücke. »Antonia, wann haben wir das letzte Mal auf Stühlen geschlafen?«

Oma Eins winkt ab und lässt sich auf das Sofa plumpsen. »Daran willst du nicht erinnert werden!«

Eva trägt das große Tablett voller Getränke nach draußen. »Habt ihr uns noch was übrig gelassen?«

»Nö.« Tristan versteckt schnell einen Pizzakarton hinter dem Rücken.

Eva stellt klirrend das Tablett ab. »Das ist nicht

witzig.« Sie greift um seine Hüfte, tastet nach der Schachtel und knurrt dabei: »Du hast ein hungriges Weib, das den ganzen Tag geschuftet hat. Treib es nicht zu weit!«

Tristan packt sie um die Taille und flüstert: »Angekommen!« Dann gibt er ihr einen innigen Kuss auf den Mund.

Hach! Ob die zwei jetzt den Frauenchor hören? Das Feuerwerk sehen? Den Orkan brausen fühlen? Im Konfettiregen untergehen?

Joram gähnt laut und demonstrativ. Das Liebes-Spektakel zerplatzt.

Tristan löst seine Umarmung, und Eva schnappt sich schnell die Pizza.

»Ich bring dich gleich nach Hause, Kumpel.« Tristan nimmt den Pizzaroller von Opa Eins entgegen und schneidet sich seine Tonno in Viertel. »Sobald wir aufgegessen haben, okay? Mama wartet bestimmt schon.«

Elisa pflückt eine Sardelle von ihrer Pizzahälfte. Schade, dass Jorams Bett noch nicht aufgebaut ist, sonst könnte er heute schon hier schlafen. Eigentlich könnte er natürlich auch ohne Bett hier schlafen, zum Beispiel auf dem Gartensofa. Aber eigene Betten sind für Joram leider auch eine wichtige Sache. Seit Elisa ihn kennt, sind er und Tristan an ihren gemeinsamen Wochenenden abends immer in die alte Wohnung gefahren, um dort zu übernachten. Weil das Jorams

Vater-Zuhause war. Wo er halt sein eigenes Bett hatte, Sachen im Regal, Klamotten im Schrank und – einen Vater.

Ab nächstem Wochenende ist dann das hier Jorams Vater-Zuhause, dieses Haus, Elisas Familien-Zuhause. Und krass daran ist, dass das schon so lange kein Vater-Zuhause mehr war. Opa Eins wohnt zwar hier und ist der Vater von Papa Paul, aber weil Papa Paul tot ist, ist Opa Eins irgendwie kein aktiver Vater mehr.

Und Tristan hat bis jetzt erstens nicht richtig hier gewohnt, und zweitens sind Elisa und Mai und Juni nicht seine echten Kinder. Was die Eltern-Kind-Sache bei Tristan angeht, ist sein Leben irgendwie in mehrere Phasen unterteilt. In Phase Eins hat er Joram bekommen. Und in Phase Zwei hat der kosmische Plan ihm Juni, Mai und Elisa zugespielt.

Bei Elisa ist das mit den Phasen ziemlich ähnlich. In Phase Eins hatte sie Papa Paul und in Phase Zwei Tristan. Bei Mai und Juni ist die Sache komplizierter, denn die waren noch im Bauch, als Papa Paul gestorben ist. Den haben sie verpasst. Obwohl er natürlich eigentlich ihr Phase-Eins-Vater war.

Jedenfalls sind Phase-Zwei-Kinder keine richtig echten Kinder. Wenn jetzt Tristan aber echt hier wohnt und seinen echten Sohn mitbringt, ist er ein echter Vater, und dadurch wird das Haus ein echtes Vater-Zuhause.

In Elisas matschigem Körper kribbelkrabbelt es aufgeregt. Es ist wie mit dem verschollenen Umzugskarton: Ihr hat nie was gefehlt, weil sie sich an Papa Paul fast nicht erinnern kann, aber jetzt, wo sie wieder einen Vater ins Haus kriegt, fühlt es sich so an, als würde sie sich damit voll auskennen.

Vorsichtig tastet Elisa nach dem Klavierbänkchen, findet es, ohne sich zu stoßen, und setzt sich hin. Sie wartet sehnsüchtig auf Joram. Seit dem Frühstück hat sie die Augen verbunden und probiert aus, was man alles besser kann, wenn man nichts sieht. Zuerst hat sie getestet, ob man wirklich besser riechen kann, und es hat sich voll bestätigt. Als der Duft von Tomate und Salbei und geschmolzenem Schafskäse durch die untere Etage gewabert kam, wusste Elisa sofort, dass Tristan seinen oberleckeren Spezial-Tortellini-Auflauf fürs Abendessen vorbereitet.

Dann hat Elisa aber auch rausgefunden, dass man mit verbundenen Augen besser hören kann. Vor allem hört man *mehr* Sachen. Zum Beispiel ein Ding, das runterfällt.

Elisa saß im Wohnzimmer und hat einen Karton mit Klamotten ausgepackt. Mit offenen Augen hätte sie dieses Ding vielleicht überhaupt nicht runterfallen gehört. Weil die Augen ihr vorgegaukelt hätten, dass das Kartonauspacken wichtiger ist. Mit verbundenen Augen hat sie das Ding aber nicht nur runterfallen gehört, sondern sie hat auch noch gehört, *wo* es runtergefallen ist, nämlich auf den Fliesen in der Küche nebenan. Außerdem hat sie gehört, dass das Ding ziemlich klein und wahrscheinlich aus Metall war. Und sie hat gehört, dass es einmal aufgesprungen und dann noch eine kleine Strecke gerollt ist.

Und als eine halbe Stunde später Eva, Tristan, Mai, Juni, Oma und Opa Eins das ganze Haus nach dem verloren gegangenen Messingknopf von Oma Eins' Strickjacke abgesucht haben, hat sich Elisa an das *Kling Ping Drrrrrrrt* erinnert, ist mit ihren verbundenen Augen unter den Küchentisch gekrabbelt und hatte nach zehn Sekunden Rumtasten den Knopf gefunden – und eine Großfamilie in sprachloses Staunen versetzt.

Und dann ist ihr eingefallen, dass man mit verbundenen Augen vielleicht auch besser fühlen kann, ob man in jemanden verliebt ist! Und deswegen braucht sie jetzt eigentlich unbedingt Joram, um zu testen, ob glühwürmchenmäßig eine Massenvermehrung stattfindet, wenn sie ihm im Dustern begegnet.

Aber Joram hat angerufen, dass er verpennt hat, und deswegen ist Tristan erst vor fünf Minuten losgefahren, um ihn abzuholen.

Elisa legt ihre Hände auf die Klaviertasten und drückt eine davon runter. Der Ton ist mitteltief und verstummt sofort wieder, als sie den Finger hochnimmt. Sie macht jetzt eben erst mal eine Trockenübung. Vielleicht hat sie ja schon eine Erkenntnis, wenn sie nur blind Klaviermusik hört? Sie drückt die Taste noch mal runter, diesmal länger. Ganz, ganz leicht kribbelt es in ihrer Fingerspitze. Es klingt voll jorammäßig. Natürlich kann sie nicht mit allen Fingern gleichzeitig diese end-schönen Lieder spielen, die er immer spielt, aber der Klang reicht immerhin aus, um seinen Duft riechen zu können und sogar seinen konzentrierten Mund mit den zusammengepressten Lippen vor sich zu sehen, den er beim Klavierspielen immer hat. Logischerweise nur mit ihren inneren Augen, die unverbunden sind.

Na? Setzt jetzt der Frauenchor ein?

Aber Elisa hört nur den Klavierton.

Vielleicht reicht ein einziger Ton nicht. Sie fängt an, wild rumzuklimpern, und stellt sich vor, es wäre eins von Jorams supercoolen Jazz-Stücken, wo es Absicht ist, dass alles schief klingt. Jetzt lächelt der Mund und wird irgendwie heller ... Und da! – hört Elisa tatsächlich Gesang:

»Frösche sind die supertollsten
Tiere von ahallen.«

Es ist aber kein Frauenchor, sondern Juni, die ins Wohnzimmer gepatscht kommt.

»Ich liebe Frösche und Hummeln auch,
dudah,
aber nie, nie, nie,
dürfen die, die, die
zusammen
in ein
Aquarium,
dummdumm.«

Elisa nimmt die Hände von den Tasten. Oha. Ist Junis Lied vielleicht ein Hinweis? Der kosmische Plan ist ja manchmal ein Lustiger. Man wartet auf einen Frauenchor, und dann singt die kleine Schwester irgendwas Weises. Ist Joram ein Frosch? Und Elisa eine Hummel? Und die Liebe das Aquarium, in das sie nie, nie, nie ...?

»Wann kommt denn mal endlich Joram?«, fragt Juni ganz nah an Elisas rechtem Ohr.

Elisa seufzt. »Das frag ich mich auch.«

»Der muss heute hier wohnen! Es ist doch Sonntag!«

»Tristan ist ja auch schon unterwegs, um ihn zu holen.«

»Du, Elisa?«

»Ja?«

»War der Joram gestern traurig?«

»Glaub schon.«

»Was hatte der denn?«

»Weiß ich nicht. Noch nicht.«

»Erzählst du uns jetzt eine Papa-Paul-Geschichte?«, fragt Mai ganz nah an ihrem linken Ohr.

Elisa zieht sich den Knoten von ihrer Augenbinde noch mal fest und seufzt. »Von mir aus. Ich komm hier sowieso nicht weiter.«

»Womit denn?«

Elisa schüttelt den Kopf. »Ist geheim.«

»Früher warst du nie so geheim«, beschwert sich Juni.

Mai zerrt an Elisas Hand. »Das ist wegen Joram.«

Haltstoppmoment!!! Hitzewallung! Hat Mai etwa was gemerkt? Wenn man es Elisa anmerken kann, dann *muss* sie doch verliebt sein! Was sollte man ihr sonst anmerken?

»Elisa findet Brüder besser als Schwestern«, erklärt Mai sachlich. »Und dadrum ist für uns jetzt alles geheim.«

Brüder???
Brüder!!!

Elisa merkt kaum, wie Mai und Juni sie in den Garten schleifen, sie stolpert einfach hinterher. Sie hat schon hunderttausend Scherze darüber gemacht, dass Joram und sie jetzt so was wie Bruder und Schwester sind, aber das waren eben Scherze! Dass sie ja *wirklich* so was wie Bruder und Schwester sind, Phase-Zwei-Bruder-und-Schwester, die sich lauter Verwandte teilen (und außerdem noch das Klo), die für die nächsten sieben, acht, neun Jahre dasselbe Vater-Zuhause haben – das wird ihr gerade erst klar.

Alle Glühwürmchen, die Elisa jemals umschwirrt haben, schalten ihre Lämpchen aus. Das Gesumm schlägt in eine Hustenattacke um. Was ihr an sanftem Windhauch ins Gesicht gepustet hatte, hält den Atem an.

Stattdessen setzt kalter Nieselregen ein.

»So, hier ist dein Baum«, sagt Mai und lässt sie los.

Elisa steht da, in einer rötlich-gelb schimmernden Dunkelheit, die Blätter vom Papa-Paul-Geschichten-Apfelbaum rauschen, sein Schatten hüllt ihren ganzen Körper in eine sommerliche Kühle, zwischen ihren nackten Zehen fühlt sie das Gras. Es duftet nach Garten, nach Zeder und Lavendel. Das könnte sich alles friedlich und vertraut und schön anfühlen.

Tut es aber nicht.

»Elisa!«, drängelt Juni.

»Ich glaub, ich kann euch doch keine Papa-Paul-Geschichte erzählen«, sagt Elisa matt.

»Du bist gemein! Warum nicht?«

»Regen«, murmelt sie nur.

»Quatsch.« Mai nimmt Elisas Hände und legt sie an die Rinde vom Apfelbaum. »Die Sonne scheint. Jetzt mach!« Und dann grummelt sie superleise: »Bitte.«

Wie automatisch führt Elisa die hundert Mal geübten Bewegungen durch. Und sobald sie im Papa-Paul-Geschichten-Kopfstand am Stamm lehnt, kullern die Brudergedanken in irgendwelche tiefen Löcher in der Erde, und der Nieselregen hört auf. Die Welt steht jetzt kopf, egal, ob Elisa blind ist oder sehen kann, und wenn die Welt kopfsteht, dann gibt es nur noch Papa Paul. Sie holt tief Luft.

»Also gut. Schließt eure Münder ab, ich fang an.« Sie wartet einen Moment, damit Mai und Juni ihre Lippen versiegeln können und bei der Geschichte nicht dauernd reinquatschen, dann legt sie los.

Supergeheimagent Papa Paul war der beste Agent der Welt. Immer wenn was extrem Kniffeliges zu erledigen war, wurde Papa Paul angepiepst. Sein Leben war logischerweise ziemlich stressig, aber er mochte es auch, immer auf Zack sein zu müssen. Er war einfach der Typ dafür.

Seine Frau, die schöne Eva, die gerade mit Zwillingen schwanger war, und seine Tochter, die kleine E-Punkt, vermissten ihn natürlich immer, wenn er auf Weltrettertour ging, aber sie wussten auch, dass er ohne seine Freiheit nicht leben konnte. Deswegen versuchten sie, sich auch ohne ihn immer eine möglichst schöne Zeit zu machen.

Bei seiner neuen Mission hatte Papa Paul einen verdammt weiten Weg vor sich: bis zur Sonne. Denn in dreieinhalb Millionen vierhundertsechsundachtzigtausendsiebenhundertzwölf Komma dreidreidrei Lichtminuten (Pi mal Daumen) würde der gigantomane und gefräßige Sonnen-Schluckwal dort angekommen sein und sich die Sonne zum Frühstück genehmigen. Er hatte schon andere Sonnensysteme in Schutt und Asche gelegt, weil er sich immer die Leckerbissen, nämlich die Sonnen, rausgepickt und verschlungen hatte, und nun war er auf direktem Kurs auf Terra-Luna-Alpha-Solexis, was die inoffizielle Geheimagentenbezeichnung für unsere Sonne ist.

Der Wal war so groß, dass die Sonne für ihn maximal wie ein Fußball aussah. Sein riesiges Maul machte nur einmal Happs, und weg war die Feuerkugel. Er hatte eigentlich einen empfindlichen Magen, aber weil er vom vielen Schwimmen durch schwarze Löcher ständig kalte Flossen hatte, machten ihm die Temperaturen von Sonnen nichts aus.

Diese vierflossige Riesengefahr schwamm nun also langsam und unaufhaltsam auf die Sonne zu, und Papa Paul musste etwas schneller und genauso unaufhaltsam auf sie zuschießen, um den Wal rechtzeitig vor dem großen Frühstück zu erledigen. Denn wenn der Wal die Sonne fressen würde, würde auf der Erde stockfinstere, eisige und noch dazu ewige Nacht herrschen, die Leute könnten nichts mehr sehen, würden gegen alles gegenknallen, sie würden außerdem schrecklich bibbern und schließlich vor Kälte sterben. Es hat keinen Sinn, drumrum zu reden.

Die Mission von Papa Paul war also mal wieder nicht ohne. Aber natürlich war er perfekt ausgerüstet. Er hatte seinen Lungenspezialanzug, mit dem er im Weltall atmen konnte, so umbauen lassen, dass er widerstandsfähig gegen extrem hohe Temperaturen war. Das brauchte Papa Paul logischerweise, wenn er so nah an die Sonne ranfliegen

würde, sonst wäre er auf halbem Weg geschmolzen wie ein Schokonikolaus in der Sauna. Was aber viel wichtiger war, war die Betäubungsspritze mit Sonnen-Schluckwal-Betäubungsmittel, die Papa Paul dem Vieh aus nächster Nähe in den Walpopo jubeln sollte. Dadurch würde der Wal bis ans Ende seiner Tage schlafen und als gewaltiger, friedlich schnarchender Koloss durchs All schweben. Und mit der Sonnenmampferei wäre es ein für alle Mal aus und vorbei.

Weil die Spritze übelst groß war, hatte Papa Paul sie sich auf den Rücken geschnallt. Was er außerdem noch dabeihatte, war ein Haufen Astronautennahrung in handlichen Tuben, damit er auf dem langen Weg nicht verhungerte. Ein kaugummigroßes Stück reichte, um den ganzen Tag satt zu sein. Es schmeckte abartig, aber das darf einem Superagenten nichts ausmachen. Wenn er gut ist, schafft er ja seine Mission und bekommt dann in absehbarer Zeit wieder Pizza, Hirschragoutpfannkuchen oder was er sich sonst so ausmalt auf seinem Weg durch den Kosmos.

Allerdings gab es mit dieser Astronautenkost ein kleines Problem. Die Regierung hatte eine neue Sorte entwickelt, die auch bei hohen Temperaturen noch angenehm cremig bleibt. Sie hatten sie erst auf den letzten Drücker fertig bekommen und nun stellte sich – mitten im Weltall – raus, dass diese neue Sorte kacke war. Von der bekam Papa Paul nämlich Durchfall. Und wenn man auf der Reise zur Sonne, eingepfercht in einen Lungen-Hitzeschild-Spezialanzug, mit einer gigantischen Betäubungsspritze auf dem Rücken und der Verantwortung für das Universum auf den Schultern etwas nicht gebrauchen kann, dann ist das Durchfall.

Zuerst hat Papa Paul versucht, die Sache aufzuhalten, um den extrem engen Zeitplan nicht durcheinanderzuschmeißen. Aber es half alles nichts, irgendwann musste er doch hinter einem abgelegenen Planeten anhalten und tun, was getan werden musste. Zum Glück war ein kleines schwarzes Loch in der Nähe.

Diese Verzögerung mit Spritze abschnallen, Raumanzug ausziehen, was zum Abputzen finden, Raumanzug wieder anziehen und Spritze auf den Rücken schnallen dauerte länger, als Papa Paul sowieso schon befürchtet hatte. Wenn der Sonnen-Schluckwal pünktlich war, würde es verdammt knapp für die Rettung der Welt!

Papa Paul schaltet also den Fünffach-Turbogang ein und rast weiter in Richtung Sonne. Von der Astronautennahrung lässt er logischerweise die Finger, er setzt all seine Willenskraft ein und denkt an ekliges, vergammeltes Essen, um seinen Hunger zu unterdrücken. Nach zwei Tagen ohne Nahrung und ohne die geringste Flugpause zieht er das Verdunklungsvisier von seinem Helm runter, denn langsam wird es echt grell. Er ist fast am Ziel. Aber plötzlich zuckt nervös Papa Pauls großer Zeh vor sich hin. Das ist ein übles Zeichen, denn der Zeh ahnt immer als Erster, wenn was schiefläuft. Und dann sieht Papa Paul es hinter der getönten Scheibe: Der Wal kommt von Hexigonal-Südost angeschwebt! Vierundsechzig Lichtminuten zu früh!

Papa Paul flucht auf die Astronautennahrung, die an allem schuld ist, schaltet in den Sechsfach-Turbo, schnallt sich die schwere Spritze vom Rücken und lädt. Der Wal reißt schon sein Maul auf, um den Fußball aus Feuer zu verschlucken. Aber Papa Paul ist noch zwölf Astromeilen zu weit weg. Wenn er jetzt feuert, verschenkt er die einzige Chance, die er hat. Es ist ein Kampf gegen die Zeit. Der Wal nähert sich wie in Zeitlupe der Sonne, Papa Paul rast im höchsten Turbo auf ihn zu und kontrolliert dabei ständig den Entfernungsmesser. Die Spritze ist im Anschlag.

In neun Astromeilen kann er feuern ...

... der Wal schlägt hungrig mit der Schwanzflosse ...

... in sieben Astromeilen ...

... der Wal macht das Maul noch ein Stück weiter auf ...

... in vier...

... der Wal schließt die Augen, die Sonne gleitet in seinen Schlund ...

... in zwei ...

Plötzlich wird es stockdunkel. Eine *Astromeile vor dem großen Abschuss hat der Wal die Sonne verschluckt!*

»Das glaub ich jetzt nicht!«, brummelt Papa Paul.

Zum Glück kann er in absoluter Dunkelheit noch zehn Mal schärfer denken als sonst, und deswegen wird ihm praktisch in minus sieben Sekunden klar, dass er dem Wal die Betäubung nicht mehr verabreichen darf, denn sonst würde der mitsamt Sonne im Bauch einpennen, und das wäre für die gesamte Menschheit das Fatalste, was passieren kann. Und bevor er diesen Gedanken auch nur zu Ende gedacht hat, hat Papa Paul auch schon die Lösung parat: Als Erstes lässt er die Kühlflüssigkeit aus der Spezialschicht in seinem Hitzeschildanzug raus, denn die nützt ihm ja gerade sowieso nichts mehr, wo die Sonne nur noch ganz schwach durch den Walbauch heizt. Stattdessen füllt er das Betäubungsmittel in den Anzug, macht auf diese Weise die Spritze leer und lädt sie anschließend mit dem Inhalt von all seinen Astronauten-Nahrungs-Tuben.

Zum Ausbildungsprogramm für Supergeheimagenten gehört immer, alle Aktionen auch mit verbundenen Augen zu üben, und da kann man mal sehen, wofür dieses Training gut ist! Kein einziger Klecks geht daneben.

Allerdings ist es jetzt Glückssache, ob Papa Paul den Wal in der absoluten Finsternis auch trifft. Er orientiert sich an dem Gestank, den die schlechten Walzähne ausströmen, und fliegt mit Karacho in die müffelnde Dunkelheit, die Spritze hält er im Anschlag wie einen Dolch. Als der Mundgeruch unerträglich wird und Papa Paul auf etwas Hartes, Spitzes stößt, weiß er, dass er zwischen den Walzähnen gelandet ist. Er bringt die Spritze in Position und feuert die volle Dröhnung Astro-Schmatz, Marke Dünnpfiff, in den Rachen ab. Jetzt heißt es hoffen, dass die Schose bei dem Wal denselben Effekt hat wie bei Papa Paul. Der befüllt unterdessen die Spritze wieder mit dem Betäubungsmittel aus seiner Spezialanzugsschicht und hält sich bereit.

Zuerst passiert gar nichts.

Man kann nicht behaupten, dass Papa Paul ein nervöser Mensch ist, aber während dieser Minute in absoluter Finsternis und arktischer Kälte, umgeben nur von Sonnen-Schluckwal-Mundgeruch und den Gedanken an die schöne Eva und die kleine E-Punkt und vor allem an die Zwillinge, die noch nie in ihrem Leben die Sonne gesehen haben, da knabbert sich Papa Paul einen Fingernagel ab.

Dann aber ist der Äther plötzlich von einem unglaublichen Grollen erfüllt. Es klingt, als würde man mit einem Stethoskop an einer Gewitterwolke horchen.

Papa Paul grinst zufrieden.

Das Grollen wiederholt sich, begleitet von einem Wal-

Stöhnen, das so grauenerregend klingt, dass normale menschliche Nerven sich sofort zusammengekringelt hätten, aber Papa Paul hört einfach drüber weg. Er bringt die Spritze in Position und hofft, dass seine Berechnungen hinkommen. Es grollt noch einmal, dann ploppt mit einem feuchten Flattergeräusch die Sonne wieder an ihren Platz und hüllt den Kosmos in ein verhaltenes bräunliches Schummerlicht, in dessen mattem Schein Papa Paul den gekrümmten Wal mit Leidensmiene hin und her schweben sieht. Er nutzt die Gelegenheit, rammt ihm die Spritze in den Allerwertesten und erlöst ihn von seinen Bauchschmerzen. Der Wal schläft sofort ein und fängt an, friedlich zu schnarchen.

Jetzt muss Papa Paul allerdings sehen, dass er Land gewinnt. Die Sonne verdampft mit ungefähr vierhundertachtzig Mikro-Atüh pro Nano-Sekunde die äußere Schicht, die sich im Wal-Darm auf ihr ausgebreitet hat, das heißt, sie ist bald wieder so hell und heiß wie vorher, und Papa Paul hat keine Hitzeschutzschicht mehr in seinem Spezialanzug! Aber abgesehen von der drohenden Hitze hätte Papa Paul ohnehin keine große Lust gehabt, ein verlängertes Wochenende an diesem Ort zu verbringen, denn der Walmundgeruch war eine Lachpille im Vergleich zu dem, was sich jetzt gestankmäßig am Ausbreiten war. Mit Megaoberturbo steuert er also die Erde an und schafft es gerade noch rechtzeitig aus der Gefahrenzone. Nur an der rechten Ferse schmilzt ein kleines Stück Stoff von sei-

nem Anzug weg, aber ein bisschen Verlust hat ein Supergeheimagent eigentlich immer. Hauptsache: Welt gerettet.

»Mh-mh?«, fragt (wahrscheinlich:) Juni.

»Ja, Ende«, bestätigt Elisa. »Ihr könnt eure Lippen wieder aufschließen.« Sie stößt sich vom Baum ab und lässt ihre Füße auf die Wiese runterzirkeln. Normalerweise ist das der Moment, wo ihr ein klitzekleines bisschen schwindelig wird, aber wenn man nur schwarz sieht, lässt sich schwer sagen, ob das Schwarze sich nun dreht oder nicht.

»Du sollst nicht mehr blind sein, Elisa!«, ruft Juni. »Du sollst auch die Sonne sehen!«

Und ehe Elisa protestieren kann, hat Mai ihr das Tuch vom Kopf gerissen. »Der Wal hat die wieder rausgepupst. Papa Paul hat uns gerettet. Guck!«

Elisa kann nicht gucken, sie kann nur blinzeln und tränen, so grell ist es.

»Ist Papa Paul danach endlich wieder nach Hause gegangen? Zur schönen Eva und zur kleinen E-Punkt und zu den Zwillingen, die noch im Bauch sind?«

Elisa wischt sich eine Licht-Träne von der Wange. »Er musste ja erst noch bei der Regierung einen Bericht abgeben«, sagt sie. »Und seinen Anzug reparieren lassen.«

»Und wie lange dauert so was?«, will Mai wissen.

»Das kommt drauf an.« Langsam, langsam gewöhnen sich Elisas Augen an die Helligkeit. »Und außerdem wisst ihr ja, dass Papa Paul fast nie eine Pause kriegt. Kann gut sein, dass er schon den nächsten Auftrag reinbekommt, wenn er gerade den Anzug abholen will.«

»Das ist aber sehr blöd für die schöne Eva«, knurrt Mai.

»Ich weiß was!«, ruft Juni. »Es kann sich ja ein anderer Geheimagent um die schöne Eva und die kleine E-Punkt und um die Zwillinge kümmern, wenn die aus dem Bauch rauskommen. Einer, der nicht so viel zu tun hat.« Juni bekommt ein ganz aufgeregtes Leuchten in die Augen. »Oder noch besser: einer, der gar kein Geheimagent ist! Der immer Zeit hat.« Die Gartenpforte quietscht, und Juni springt von der Wiese auf. »Tristan!«, ruft sie und stürmt auf ihn zu. »Bitte rette nienienie die Welt, okay?«

»Äääh.« Tristan wirft Joram einen fragenden Blick zu, dann nimmt er Juni auf den Arm. »Ich werde mich bemühen.«

Elisa ist vom Bruder-Nieselregen vorhin noch ganz klamm und fragt sich, ob es vielleicht ein Zeichen sein soll, dass Joram ausgerechnet jetzt hier auftaucht, haarscharf am Experiment mit den verbundenen Augen vorbei. Damit bleibt die einzige Erkenntnis daraus diese Geschwister-Kiste.

»Du bist ganz schön spät dran«, sagt sie leise.

Jorams Ohren schalten sich auf Rot, aber davon wird Elisa auch nicht trocken.

»Ich war ...« Leicht nervös schiebt er die Schnalle von seiner Tasche auf und sofort wieder zu. »Können wir vielleicht in dein Zimmer gehen?« Er wirft einen schnellen Blick auf Tristan und die Kleinen, die durch den Garten jagen.

»Klar, komm«, sagt Elisa und geht voraus.

Das Chaos in ihrem Zimmer liegt, weil schon so lange so schönes Wetter ist, unter dem normalen Durchschnitt, es dauert nicht lange, bis sie für Joram durch die Klamotten der letzten Wochen eine Schneise zum Hängebett geschlagen hat. Sie hangelt sich am Seil hoch und wartet, dass er nachkommt.

»Geht's?«, fragt sie.

»Muskelkater«, stöhnt er. Aber Klettern ist auch ohne Muskelkater nicht sein Ding. Als er endlich oben ist, schnauft er noch ein bisschen. Er schiebt seine Schnalle auf und wieder zu.

»Also«, sagt Elisa.

Joram sieht sie nicht an. Er atmet tief durch und räuspert sich dann. »Also. Kann sein, du findest es komisch, dass ich mit dir darüber rede. Weil ...« Schnalle auf, Schnalle zu, »... es irgendwie mit dir ... zu tun hat, ein bisschen, aber ich glaub, du bist ...«

Schnalle auf, Schnalle zu.

»Fang doch einfach mal an«, sagt Elisa aufmunternd. »Und dann gucken wir, wie ich es finde.«

Joram schiebt die Schnalle auf. »Okay.« Seine Stimme ist leise. Endlich dreht er den Kopf zu Elisa. »Ich hab dir doch schon mal von Max erzählt, weißt du noch?«

»Klar. Dieser eine Freund, der immer bei dir übernachtet. Und der sich meinen Namen nicht merken kann.«

Joram schüttelt den Kopf. »Er kann sich überhaupt keine Namen merken. Und er ist auch nicht nur irgendein Freund, er ist mein bester Freund. Wir kennen uns schon ewig.« Sein Blick wandert zum Fenster. »Eigentlich erst seit zwei Jahren. Seit ich in seine Klasse gekommen bin.« Seine Stimme klingt überrascht, macht mit seinem vorwurfsvollen Meckerton und dem Kopfgeschüttel Evas Reaktion kaputt, auf die sich Holly so gefreut hatte!

Eva konzentriert sich auf die Essensverteilung. »Aha«, sagt sie dabei leise. »Ungewöhnlich.«

Ungewöhnlich?! Ist das alles?

Eva sieht hoch, erst zu Tristan, der demonstrativ nicht zurückguckt, dann zu Holly, die versucht, ihm einen möglichst giftigen Blick zu schicken. »Ähm.« Sie reicht Holly den Tortellini-Teller. »Kann es sein, dass ich hier gerade irgendwas nicht mitbekomme?«

Tristan schweigt. Holly schweigt auch.

»Krieg ich jetzt endlich auch mal was zu essen?«, knurrt Mai. »Ich sterbe sonst.«

Holly reicht ihren Teller an sie weiter. »Hier, du Motzknoten.«

Sie hat keinen Hunger mehr. Tristan starrt sie an, als wäre ihr Gesicht eine Tafel mit geheimen Schriftzeichen, die er entziffern muss.

Holly halbiert die Tortellini auf dem neuen Teller, den Eva ihr hingestellt hat, mit der Gabel.

»Hilfst du mir heute Abend noch mit Jorams Zimmer?«, fragt Tristan plötzlich. »Wenn wir bis nächsten Samstag damit fertig sein wollen, wird es sonst knapp.«

Und da können wir uns in Ruhe darüber unterhalten, was um alles in der Welt du bei Nikola gemacht hast und wieso sie dir ihren Lieblingsnamen verpasst hat.

Nein, danke.

»Vielleicht morgen.«

Tristans Augenbrauen berühren sich in der Mitte. »Vielleicht?!«

Holly schiebt ihren Teller weg. »Ja, vielleicht.«

***

Am nächsten Morgen stößt sie vor dem Frühstückstisch fast mit Tristan zusammen, weil sie vor lauter Gähnen nicht hinguckt.

»Guten Morgen«, sagt er fröhlich. »Na, wieder besser gelaunt heute?«

Als ihre verklebten Augen auf ihn scharfstellen, überzieht sich ihr ganzer Körper mit einer Gänsehaut.

Vielleicht liegt das nur am Erschrecken!
Vielleicht liegt das nur daran, dass es noch so früh am Morgen ist.
Immerhin ist es kein Geheimagentenspezialanzug mit Zwischenschicht! Es wird besser!
Was wird besser?!
Früher war es mit Tristan einfach GUT!
Und jetzt ist er nur noch ein Gänsehauterreger!

Holly beäugt die vielen klitzekleinen Hautberge auf ihrem Unterarm. Aus jedem Berg ragt, wie ein kleines Bäumchen ohne Krone, ein blondes Haar auf.

Tristan setzt sich mit seinem Brot an den Tisch. »Wie sieht's denn aus mit uns?«, fragt er. »Nach der Schule? In Jorams Zimmer?«

Holly pustet auf die Gänsehaut. Die kleinen Bäumchen wiegen sich im Wind. »Ehrlich gesagt hab ich keine Lust.«

»Keine Lust!?« Tristan legt sein Brot auf dem Brettchen ab. »Mensch, Elisa«, sagt er, und Holly wäre es lieber, wenn er es nicht so sanft sagen würde. Sondern sauer. Wütend. »Was ist denn eigentlich mit dir los?« Warum tut er so verständnisvoll, wo sie sich nicht mal selbst versteht? Holly hätte Lust, mal ein bisschen rumzuschreien.

»Woher soll ich das wissen?«, schreit sie rum und springt von ihrem Stuhl auf. »Und außerdem heiß ich Holly und nicht Elisa!« Das Schreien macht sich gut. Die Gänsehaut ist weg. »Und jetzt geh ich. Tschüss!«

»Wo willst du denn hin?«

»In die Schule!«, brüllt sie. »Wohin denn sonst?«

»Aber du bist viel zu früh!«

»Dann nehm ich halt einen Ummmmweeeeeeeg!« Ihre Stimme kippt fast. Hustend schnappt sie sich den Rucksack, schiebt sich zwischen einer total verdatterten Oma Eins und einem geschockt aussehenden Opa Eins durch den Flur zur Haustür, reißt sie auf und knallt sie dann von außen genüsslich zu.

Sie atmet ein. Hier draußen ist die Luft noch dicker

als drinnen. Dunkel umrandete, tiefe Wolken ballen sich über ihr am Himmel zu riesigen Fäusten. Holly denkt an gestern Morgen, als Tristan der netteste Phase-Zwei-Vater aller Zeiten war und kein Wut auslösender, nervender Glibber-Schleim-Hervorrufer.

»Willst du mir vielleicht irgendwas mitteilen?«, murmelt sie in den Gewitterhimmel hinein. »Dann werd mal deutlicher.«

In der Ferne grollt ein Donner.

»Na toll«, grollt sie zurück.

Es geht die ganze Woche so weiter: Holly begegnet Tristan im Flur und bekommt eine Gänsehaut. Sie beobachtet Tristan beim Kochen und wird wütend. Sie hört Tristans Stimme und würde am liebsten losheulen. Sie sieht Tristan mit Mai und Juni spielen und kriegt Angst.

Holly hat keine Ahnung, was mit ihr los ist. Sie weiß nur, dass sie diese unerklärlichen Gefühlsausbrüche nicht aushält. Also geht sie Tristan aus dem Weg. Sie schnappt sich Mai und Juni und erzählt ihnen stundenlange Papa-Paul-Geschichten.

Sie schließt sich in ihr Zimmer ein und liest das dickste Buch, das sie in ihrem Regal finden kann. Als sie durch ist, hat sie nicht mal einen blassen Schimmer, worum es ging. Um die gemeinsamen Mahlzeiten zu umgehen, macht sie einmal mit Mai und Juni ein Picknick im Garten, einmal ist es ihr zu heiß zum Essen, einmal hat sie Bauchschmerzen. Irgendwann *gibt* es gar keine gemeinsamen Mahlzeiten mehr, weil keiner Lust hat zu kochen. Jeder prutschelt vor sich hin, schmiert sich ein Brot, taut sich eine Portion Irgendwas aus der Tiefkühltruhe auf. Es war noch nie so still im Haus wie in dieser einen Woche. Seit dort sieben statt sechs Leute wohnen.

Als Holly am Freitagmittag nach Hause kommt, wartet Juni schon vor der Haustür auf sie.

»Wir waren heute nicht im Kindergarten, sondern haben Tristan mit dem Zimmer von Joram geholfen. Jetzt ist alles fertig! Willst du mal gucken?« Sie schleift Holly durch den Flur. An Jorams Zimmertür prangt sein Name in Holzbuchstaben, das ›J‹ ist eine Note. Darüber formen krickelkrakelig ausgemalte Papierbuchstaben

HERZLICH WILLKOMMEN!

Feierlich macht Juni die Tür auf.

Ein frisch gemachtes Bett mit vier Beinen steht in der Ecke, Kopfkissen- und Deckenbezug passen zusammen. Ein Schreibtisch mit einer Schreibtischunterlage und einer Lampe. Ein Regal mit lauter Büchern, CDs und Heften und einer Stereoanlage. Eine Hängematte. Ein flauschiger Teppich. Ein Bürostuhl.

»Das muss Joram noch durcheinandermachen«, sagt Juni, »damit es gemütlicher wird. Aber schön, oder?«

Holly antwortet nicht.

Morgen wird Joram zum ersten Mal in diesem Bett schlafen.
Morgen können sie sagen: »Diskutieren wir das in deinem Zimmer aus oder in meinem?«
Morgen werden sie sich im Schlafanzug sehen.
Morgen mischt sich ihr Zahnputzschaum im Waschbecken.
Morgen geht es los mit Vater-Zuhause.

Vor einer Woche hätte Hollys Herz bei diesen Gedanken nicht so seelenruhig weitergeklopft. Vor einer Woche hätte eine wilde Horde aufgeregter Glühwürmchen das Zimmer beleuchtet. Vor einer Woche hätte ein Windhauch die Hängematte zum Schwingen gebracht und aus der Stereoanlage wäre Gesumm gedrungen.

Was sich in einer einzigen Woche alles verändern kann!

Holly merkt, wie ihr die Tränen in die Augen steigen.

Wie schön wäre es, wenn es nur noch mal eine Woche dauern würde, bis diese schreckliche Gänsehaut-Sache vorbei ist! Bis Tristan wieder der netteste Phase-Zwei-Vater aller Zeiten ist!

»Bist du jetzt schon wieder geheim?«, fragt Juni ärgerlich. »Sag doch mal: schön!«

»Schön«, sagt Holly und wischt sich eine Träne weg. Aus der Küche hört sie Tristans Stimme und fühlt, wie sich die Härchen auf ihren Armen aufstellen.

»Hast du Lust auf eine Papa-Paul-Geschichte?«, fragt sie schnell und nimmt Junis Hand. »Wir können uns bei Oma und Opa Eins eine Höhle bauen und da auch übernachten.«

Juni druckst rum. »Schon wieder eine Papa-Paul-Geschichte?«, quengelt sie. »Ich will lieber mal wieder was mit allen machen.«

»Ich auch!« Mai schiebt sich unter Jorams Bett raus. »Alle sind unfröhlich. Das ist total blöd!«

Männerschritte kommen durch den Flur.

»Dann geh ich eben alleine hoch«, sagt Holly und schiebt sich zur Tür raus, bevor Tristan reinkommen kann.

***

Schon den ganzen Abend pladdert der Regen gegen die Scheiben vom Dachfenster, aber leider kühlt das den stickigen, heißen Raum kein bisschen ab. Nur in einem dünnen Nachthemd liegt Holly auf dem Sofa und starrt eine Seite in ihrem Buch an. Immer wieder blitzt und donnert es. In ein besonders heftiges Grollen mischt sich plötzlich ein leises Klopfen, die Tür geht auf, und Eva steht im Einser-Wohnzimmer.

»Hallo.« Sie lächelt, aber es ist nicht ihr normales Lächeln. »Kommst du mit runter? Wir wollen Karten spielen.«

Holly schüttelt den Kopf.

Eva sieht sie an, das komische Lächeln fällt in sich zusammen. »Wie lange soll das eigentlich noch so weitergehen, Elisa?«

»Holly«, sagt Holly matt.

»Das ist keine Antwort.«

Holly zieht unter ihrem Nachthemd die Beine an und schlingt die Arme um den grün geblümten Berg. »Ich weiß es doch auch nicht. Ich kann nichts dafür.«

Eva atmet tief ein. »Kann Tristan denn was dafür? Hat er dir irgendwas getan? Soll das eine Art Strafe sein?«

Holly schüttelt langsam den Kopf.

»Die ganze Familie leidet, Elisa. Tristan natürlich am meisten, aber auch die Kleinen. Und Oma und Opa Eins.«

Holly sieht auf.

»Sie gibt es zwar nicht zu, aber Oma Eins hat die ganze Zeit Kopfschmerzen. Und Opa Eins hat seit Ta-

gen kein Wort mehr gesprochen. Ich hab die beiden schon lange nicht mehr so bedrückt gesehen.« Eva starrt zum Dachfenster hoch. »Schon sehr, sehr lange nicht mehr.« Dann sieht sie Holly wieder an. »Und wie *ich* mich bei dem Ganzen fühle, kannst du dir ja denken.«

»Ich fühl mich ja genauso übel.« Holly starrt die Blümchen auf ihren Knien an. Sie würde Eva so gerne alles erklären – wenn sie nur selbst wüsste, was los ist. Am liebsten hätte sie, dass Eva *ihr* alles erklärt. So wie früher, wenn Elisa alleine nicht mehr weitergekommen ist. Aber die Zeiten sind wohl jetzt vorbei. Es ist ein bisschen einsam als Holly.

»Muss der kosmische Plan sein«, murmelt sie. »Der ist manchmal eben komisch, sagst du doch immer.«

Eva wischt sich mit dem Handrücken den Schweiß von der Stirn. »Dass es einen kosmischen Plan gibt, heißt nicht, dass man unerträgliche Situationen einfach hinnehmen muss«, sagt sie. »Er tröstet einen, wenn man die Dinge aus eigener Kraft nicht mehr ändern kann. Aber du versuchst ja nicht mal, was zu ändern!« Sie sieht wieder zum Dachfenster hoch, dann in Hollys Augen. »Ich werde mir nicht länger angucken, wie du Tristan aus dem Weg gehst. Was auch immer los ist, finde eine Lösung! Rede mit ihm!«

Ein Blitz leuchtet auf. Im ersten Moment denkt Holly, jemand würde sie fotografieren, aber dann erinnert sie ein heftiger Donner an das Gewitter.

»Ich weiß aber nicht, was ich sagen soll.«

»›Hallo‹ wäre schon mal ein guter Anfang.«

Noch ein Blitz zuckt durchs Zimmer. So hell, dass Eva blinzeln muss. Der Donner, der das Zimmer anschließend erfüllt, lässt die Fensterscheibe klirren. Eva massiert sich die Nasenwurzel mit zwei Fingern. Sie sieht müde aus. Erschöpft. Traurig.

Dieser Anblick ist schlimmer als jede Gänsehaut.

»›Hallo‹ schaff ich vielleicht«, flüstert Holly in die Stille, die der Donner hinterlassen hat.

Diesmal ist es ihr echtes Lächeln, das sich in Evas Gesicht ausbreitet. »Ehrlich?«

Holly nickt.

Eva hält ihr die Hand hin. »Jetzt?«

Holly fühlt, wie ihr Herz anfängt zu pochen, aber sie nickt wieder.

Als sie zusammen die Treppe runtersteigen, sieht sie Tristan, Oma und Opa Eins am Esstisch sitzen. Der Regen prasselt so laut, dass sie sie erst nicht bemerken. Aber dann knarrt die Stufe, die immer knarrt, und die drei drehen die Köpfe zu ihnen hoch. Sie sehen so fremd aus, wie sie da sorgenvoll, müde und abgekämpft sitzen. Keiner lächelt. Keiner spricht. Und als ein Blitz ihre Gesichter in grelles Licht taucht, muss Holly wieder an ein Foto denken, aber diesmal ist es ein Foto von früher, es scheint auf, nur eine halbe Sekunde lang, und bevor Holly erkennt, was darauf eigentlich zu sehen ist, ist es schon wieder verschwunden, so schnell wie der Blitz verschwunden ist – und mit dem Donner, der anschließend durchs Wohnzimmer brüllt, breitet sich die eisigste Gänsehaut aller Zeiten über Hollys kompletten Körper aus.

»Nein!«, flüstert sie. Eva verstärkt den Druck ihrer Hand, aber Holly reißt sich los und rennt die Treppe wieder nach oben, in die gänsehautfreie Zone. Zitternd kuschelt sie sich aufs Sofa, schnappt sich die Wolldecke und zieht sie sich bis über die Nase. Sie sieht zum Dachfenster hoch. In breiten Bächen strömt der

Regen über die Scheibe, mit den dunklen Wolken dahinter sieht er ganz braun aus.

»Was ist nur mit mir los?«

Sie lauscht. Lauscht, ob es noch mal klopft. Ob Eva noch mal wiederkommt. Aber das einzige Geräusch, das sie hört, ist der Regen.

Holly schlägt die Augen auf und blinzelt in einen perfekt blauen Sommermorgenhimmel. Von unten hört sie Stimmen. Ziemlich viele Stimmen. Mehr als sonst. Manche kennt sie, manche nicht. Leider kann sie nicht alles verstehen.

Tristan, verwundert: »... ihr denn hier?«

Unbekannte weibliche Stimme, nervös: »Überraschung!«

Unbekannte männliche Stimme, künstlich-fröhlich: »... alten Herrschaften nicht vor die Tür setzen, oder?«

Eva, müde: »... freuen uns doch!«

Oma Eins, peinlich berührt: »Mitten im Chaos.«

Opa Eins, versöhnlich: »Hallo und herzlich willkommen.«

Ein Handy klingelt.

Tristan: »... ihr denn da mitgebracht?«

Unbekannte weibliche Stimme: » ... lange Geschichte. Auch hallo.«

Das Handy klingelt wieder.

Mehrstimmiges Lachen.

Eva, wach: »Unglaublich!«

Opa Eins: »… erst mal ins Wohnzimmer.«

Oma Eins: »… Kinder schlafen noch.«

Unbekannte weibliche Stimme: »… hätten doch anrufen sollen.«

Holly hat nicht die leiseste Ahnung, was da los ist. Also geht sie es rausfinden.

Tristan, Eva und die Einser stehen im Wohnzimmer, und auf dem Sofa sitzen zwei fremde Leute. Schon von ganz oben nimmt Holly Tristan genau in Augenschein, aber die beiden Neuen scheinen den Gänsehautgenerator abzulenken. Es passiert nichts. Als sie auf die knarrende Stufe tritt, drehen sich alle zu ihr um.

»Du liebe Güte«, ruft die fremde Frau auf dem Sofa, »jetzt haben wir auch noch die Kinder geweckt. Das ist mir jetzt aber wirklich unangenehm.«

»Aber nicht doch.« Oma Eins lächelt. »So früh ist es ja nun auch wieder nicht. Wenn wir nur gewusst hätten, dass Sie kommen. Dann hätten wir ein bisschen aufgeräumt. Es steht ja immer noch alles voller Kartons!«

»Wollen wir uns nicht duzen?«, fragt Eva.

Tristan macht eine leichte Bewegung mit dem Kopf, als wäre er gerade aus einem Nickerchen aufgewacht. »Herrje, jetzt stell ich euch erst mal anständig vor. Ihr Lieben, das sind meine Eltern, Annelie und Arthur.« Er zeigt auf die beiden. »Mama, Papa, das sind Eva«,

Handbewegung in Richtung Eva, »Antonia«, Handbewegung auf Oma Eins, »Hubert«, Handbewegung auf Opa Eins, »und«, bittender, fragender, ängstlicher Blick die Treppe hoch, »Elisa.«

Holly winkt kurz und geht die Treppe ganz runter. Ihr ›Hallo‹ geht im großen Kreuz-und-Quer-Hallo-Sagen-und-Händeschütteln ein bisschen unter, aber das ist ihr ganz recht. Dass sie nicht mehr Elisa heißt, sondern Holly, kann sie später noch klarstellen.

Das Handy klingelt wie bescheuert, unnatürlich oft hintereinander und extrem laut, vielleicht ist es ein Schwerhörigen-Handy. Fragt sich bloß, warum da keiner rangeht.

»Die Kleinen schlafen noch«, sagt Oma Eins. »Ich geh sie mal wecken.«

»Aber nicht doch!«, ruft die Tristan-Mutter. Holly kann gar nicht glauben, dass aus dieser kleinen blonden Frau der große dunkle Tristan rausgekommen sein soll ... »Sie sollen doch ausschlafen! Joram schläft wohl auch noch?«

»Der ist doch noch bei Nikola«, sagt Tristan, und seine Ohren bekommen einen roten Schimmer. »Samstags hol ich ihn immer nach dem Frühstück, und dann bleibt er bis Sonntag.«

»Genau wie wir!«, lacht Arthur. »Aber zum Glück für euch nur dieses eine Wochenende.«

»Wenn es euch recht ist«, fügt Annelie schnell hinzu.

»Ja ... sicher«, sagt Oma Eins. Ihre Hände kneten sich dabei gegenseitig.

»Wer ist das?« Juni kommt auf nackten Füßen ins Wohnzimmer und reibt sich die Augen.

Tristan nimmt sie auf den Arm. »Das sind meine Mama und mein Papa«, sagt er. »Annelie und Arthur.«

»Hallo, du Süße«, sagt Annelie.

Das Handy klingelt.

Juni gähnt Annelie herzhaft an und schafft es, dabei ein nachdenkliches Gesicht zu machen. »Dann seid ihr Oma und Opa Drei«, verkündet sie.

Annelie lacht unsicher und wirft einen fragenden Blick in die Runde. »Oma und Opa Drei?«

»Ja, wir sind Oma und Opa Eins«, erklärt Oma Eins. »Hier werden die Großeltern nach der Reihenfolge durchnummeriert, in der sie die Kinder im Leben begrüßt haben.«

Arthur lacht scheppernd. »Na, dann mach ich meinem Namen doch gleich mal alle Ehre und begrüße euch, leicht verspätet, als dritter Opa.« Er zieht Juni sanft an den Zöpfen. »Hallo, junge Dame.«

Das Handy klingelt wieder. Aber rangehen tut immer noch keiner.

»Das ist übrigens Juni«, verkündet Tristan. »Ah, und da ist ja auch Mai. Komm mal her, willst du meinen Eltern Hallo sagen?«

Mai schüttelt unwillig den Kopf.

»Sie ist etwas … schüchtern«, erklärt Tristan in das Handy-Klingeln, und seine Ohren haben wieder diesen Rotstich.

Juni sieht aus, als ob sie sich das Hirn zermatern würde. »Oma und Opa Zwei sind doch die ganze Zeit in Amerika«, sagt sie. »Die haben uns ja noch gar nicht Hallo gesagt.«

Das Handy klingelt.

»Dann müssten Annelie und Arthur ja in echt unsere Oma und Opa Zwei sein und Oma und Opa Zwei – Oma und Opa Drei.«

»Hau, jetzt wird es kompliziert!« Arthur scheppert wieder.

Mai grunzt verächtlich und stampft zurück zu ihrem Zimmer.

»Mai!«, ruft Eva ihr nach, aber sie stampft einfach weiter.

Annelie guckt mit einem sorgenvollen Gesicht Mai hinterher. »Ach Gott, Arthur, es war doch eine dumme Idee, einfach unangekündigt hier aufzukreuzen, noch dazu am frühen Morgen. Wir hätten anrufen sollen! Und jetzt sorgen wir auch noch nummerntechnisch für Verwirrung.«

»Is' nich' schlimm«, tröstet Juni, hangelt sich von Tristans Arm runter und quetscht sich zwischen Annelie und Arthur aufs Sofa, »die Mai mag alle immer lieber erst später. Und ich beschließe jetzt, dass ihr trotzdem Oma und Opa Drei seid, damit die Mai nicht traurig ist. Und Oma und Opa Zwei auch nicht.«

Holly beguckt sich die frisch gebackenen Dreier. Sie hatte sie sich wirklich komplett anders vorgestellt. Irgendwie tristan-ähnlicher. Und vielleicht – cooler. Vorsichtig riskiert sie auch noch einen Blick auf Tristan. Aber ihre Arme bleiben glatt. Ist es etwa vorbei?! Oder herrscht gerade nur zu viel Trubel für Gänsehautattacken?

Das Handy klingelt wieder. Annelie dreht sich zum Sessel um und seufzt. »Der Arme ist nervös.«

Und da sieht Holly ihn. Den riesigen Käfig, der hinter dem Sessel steht. Ein großes Tuch ist über die Gitterstäbe gebreitet, aber dass es ein Käfig ist, ist unverkennbar.

»Was ist da drin?«, fragt Holly.

»Unser Handy«, lacht Arthur. »Hörst du das nicht? Ist ein etwas unhandliches Modell. Ich glaube, wir müssen uns mal ein kleineres anschaffen.«

Annelie verdreht mit einem Lächeln die Augen. »Das ist ein Vogel«, sagt sie mit einem Seufzen. »Ein Beo.« Sie zieht den Käfig hinter dem Sessel hervor und stellt ihn mit Arthurs Hilfe ächzend auf den Sofatisch. Ihre Augenbrauen sind sorgenvoll zusammengeschoben. »Wir haben das arme Tier vorgestern von unserer Nachbarin übernommen, die ganz unerwartet einen Platz im Altersheim bekom-

men hat. Wir haben versprochen, ein neues Zuhause für ihn zu suchen.« Sie wirft einen unsicheren Blick in die versammelte Runde und rauft sich ein bisschen verzweifelt die Haare. »Ich wundere mich, dass er hier überhaupt einen Ton von sich gibt, unter dem Tuch sollte er eigentlich denken, dass Nacht ist.«

»Der ist doch nicht blöd«, sagt Holly. Als sie die Augen verbunden hatte, hat sie auch nicht gedacht, dass Nacht ist. »Können wir das Tuch nicht abmachen?«

»Er wird dann wahrscheinlich sehr unruhig«, sagt Annelie. »Ich würde es lieber noch drauflassen.«

»Aber stellt euch vor, ihr sitzt im Dunkeln und um euch rum unterhalten sich alle!« Holly setzt sich auf den Teppich vor den Käfig. »Das würde mich viel unruhiger machen.«

Annelie lächelt. »Du bist entweder sehr neugierig oder sehr einfühlsam.«

»Beides«, sagt Tristan und schickt Holly einen schnellen Blick, als müsste er sich vergewissern, dass es okay ist, wenn er über sie spricht.

»Wir versuchen es einfach.« Arthur zieht das Tuch schwungvoll vom Käfig. Der Beo ist viel größer, als Holly gedacht hätte, mindestens so groß wie eine Krähe! In der plötzlichen Helligkeit duckt er sich und klappt seine schwarzen Schwanzfedern auseinander wie einen Fächer. Es sieht aus, als würde er gleich losfliegen, aber dann springt er nur hektisch von der unteren auf die obere Sitzstange, dreht sich um und springt wieder zurück. Er macht den Schnabel auf, bekommt aufgeplusterte Brustfedern und gibt ein übel schrilles Pfeifen von sich. Seine Federn glänzen schwarz in der Morgensonne, und bei jedem Sprung wabbeln die kleinen gelben Lappen, die er am Hinterkopf hat. Drehen. Raufspringen. Drehen. Runterspringen. Wabbel, wabbel. Schrei, schrei. Drehen. Rauf. Drehen. Runter. Wabbel. Schrei. Er duckt sich wieder, bleibt aber diesmal sitzen und guckt sich mit ruckhaften Kopfbewegungen im Wohnzimmer um. Alle sind mucksmäuschenstill und rühren sich nicht. Der Beo ruck-guckt sich weiter um, bis sein Blick an Holly hängen bleibt. Mit den Füßen klammert er sich an der Stange fest, streckt sich und beugt sich zu ihr vor. Dann legt er den Kopf schief und sieht sie aus seinen braunen Knopfaugen aufmerksam an. Er flötet einen wunderschönen Ton, der gleichzeitig nach Urwald und wie eine Frage klingt.

Und dieser eine Ton reicht. Da braucht Holly kein Käferexperiment und keine verbundenen Augen.

Sie liebt diesen Beo.

Das weiß sie hundertprozentig sicher, weil – sie es einfach fühlt.

Und damit ist klar, dass der kosmische Plan Holly und Tristan wieder versöhnen will. Holly wird die neue Vogelmutter von einem Beo, den *Tristans* Eltern mitgebracht haben. Das ist ungefähr genauso eindeutig wie die Botschaft mit den Rosen, die zu Jorams Zimmer geführt haben. Und deswegen macht sich Holly auch überhaupt keine Sorgen, dass sie Nein sagen könnte, als sie ihren Blick vom Beo losreißt und stattdessen zu Eva rübersieht. »Behalten wir ihn?«

Annelies Augenbrauen schnellen in die Höhe. »Ihr? Also, das wäre natürlich großartig, wenn er hier bei euch ... Da hätten wir eine große Sorge weniger.«

»Was?«, ruft Arthur. »Unser Handy willst du verschenken? Und womit sollen wir dann telefonieren?«

Annelie achtet gar nicht auf ihn. »Na ja, es sind sehr interessante Tiere, das muss man schon sagen. Wir haben überlegt, ob wir ihn selbst behalten.«

»Aber als sie gehört hat, dass die Biester lebende Heuschrecken fressen, hat sie es sich anders überlegt.«

»Arthur!« Annelie dreht sich zu ihm um. »Das stimmt doch gar nicht!«

»Ach ja, richtig! Es war erst, als du gemerkt hast, dass er beim Freiflug alles vollscheißt.«

»Huh!« Annelie verpasst ihm einen empörten Klaps auf den Oberarm. »So ein Wort vor den Kindern!«

Juni kriegt einen Kicherkrampf.

»Aua!« Arthur grinst und reibt sich den Arm. »Dann

hab ich wohl wieder was verwechselt und er war dir nur zu laut.«

Holly findet, dass Arthur sich nicht besonders geschickt anstellt beim Ein-neues-Zuhause-für-den-Beo-Finden. Zum Ausgleich versucht sie, Eva mit einem Blick klarzumachen, dass ihr Dreck und Lärm und lebende Heuschrecken rein gar nichts ausmachen würden.

Eva lächelt Holly nur an, ihr echtes Lächeln. Dann guckt sie zu Annelie und Arthur rüber: »Ich würde sagen, Elisa findet mal alles raus, was man über Beos wissen muss. Und wenn wir das dem Vogel bieten können, darf er gerne bleiben.«

»Gott sei gepriesen«, haucht Annelie.

»Hurra, hurra, hurra!« Juni hüpft wie ein Flummi auf dem Sofa hoch und runter.

Der Beo flattert erschrocken auf und krallt sich mit gespreizten Flügeln an den Gitterstäben fest. Dabei gibt er einen Ton von sich, der Holly fast das Trommelfell aus dem Kopf treibt. Es klingt, als würde man mit Karacho Gläser aneinanderklirren – nur fürchterlicher.

Juni hält sich die Ohren zu. »Entschuldigung«, ruft sie. »Sei wieder leise, bitte, bitte!«

Aber der Beo klirrt weiter.

Arthur wirft das Tuch über den Käfig, und das Geräusch verstummt.

»Danke«, sagen alle gleichzeitig.

Unter dem Tuch hört man es metallisch klappern. Der Beo klettert wahrscheinlich gerade zurück auf seine Sitzstange.

»Entschuldigung«, nuschelt Juni noch mal und setzt sich in Zeitlupe aufs Sofa.

»Nicht so schlimm, Schatz«, tröstet Annelie und legt ihren Arm um Juni. »Er muss sich erst an euch gewöhnen, dann ist er auch nicht mehr so ängstlich.«

»Wie heißt er denn eigentlich?«, fragt Holly.

»Unsere Nachbarin hat ihn immer nur ›Beo‹ gerufen«, sagt Annelie und zuckt mit den Schultern. »Nicht sehr originell, was?«

Nein. Holly kann es kaum fassen. Man nennt sein Kind doch auch nicht ›Mensch‹. Sie muss ihm unbedingt einen richtigen Namen geben.

»Ist das ein Junge?«, fragt Juni.

»Tja, weißt du«, meint Annelie, »das weiß keiner so genau. Vielleicht ist es auch ein Mädchen.«

Die Eingebung kommt wie ein Blitz. Für andere kann Holly viel besser Namen finden als für sich selbst.

»Ich nenne ihn Bernhard-Olivia«, verkündet sie. »Für alle Fälle.«

Arthur bricht in schepperndes Gelächter aus und hört gar nicht mehr auf. Durch das Dröhnen hindurch ruft Annelie: »Ich weiß nicht, ob er sich noch an einen neuen Namen gewöhnen kann, Liebes.«

Holly lächelt zufrieden. »Muss er ja nicht. Die Abkürzung von Berhard-Olivia ist nämlich: B-O.«

***

Obwohl sie alle zusammen im Wohnzimmer stehen wie eine gemütliche große Herde, und obwohl Juni sich zur Begrüßung um seinen Bauch geschlungen hat, sieht Joram irgendwie verloren aus zwischen den vielen Leuten. Vielleicht liegt das aber auch gar nicht an den vielen Leuten? Vielleicht liegt das nur daran, dass ihn jetzt keine Glühwürmchen mehr umschwirren?

»Junge! Bist du groß geworden!«, ruft Arthur und drückt Joram zusammen mit dem Juni-Anhängsel einmal kräftig an sich. »Wo willst du denn noch hin?« Er zerwuschelt ihm die Haare.

Juni macht Platz für Annelie, die Tränen in den Augen hat, als sie Joram in den Arm nimmt. Sie sagt gar nichts, sondern hält ihn nur mit geschlossenen Augen fest. Holly sieht, dass Joram sich an sie schmiegt und auch einen Moment lang die Augen zumacht.

»Joram!«, schnieft sie, als sie sich losgelassen haben. »Meine Güte, Schatz, wie lange haben wir uns nicht gesehen? Das muss fast ein Jahr her sein.« Sie wischt sich über die Augen. »Wie geht es dir denn? Und wie geht es der Mama?«

»Gut«, murmelt Joram.

»Guck mal, Oma und Opa Drei haben einen Pejo mitgebracht, der gehört jetzt uns, und am Wochenende kannst du den mit benutzen!« Juni nimmt Jorams Hand und zieht ihn zum Vogelkäfig, der – inzwischen wieder ohne Tuch – in der hintersten Ecke vom Wohnzimmer steht. »Du darfst aber nicht laut hüpfen, sonst kreischt der. Das tut in den Ohren weh.«

»Ist gut«, sagt Joram.

Juni kichert: »Opa Drei denkt, der Pejo ist ein Handy, aber das stimmt ja gar nicht, stimmt's?«

Joram dreht sich zu Annelie und Arthur um. »Habt ihr uns den geschenkt?« Er guckt zu Juni. »Den Bonnekamps, mein ich?« Er guckt zu Tristan. »Also, hier. Allen?«

»Wir haben ihn quasi geerbt und sollten ihn vermitteln«, erklärt Annelie. »Dass er bei euch bleiben würde, davon hätten wir nicht zu träumen gewagt.« Sie schickt Arthur einen schnellen Blick. »Aber Elisa hat sich wohl sofort verliebt.« Annelie zwinkert Joram zu. Seine Ohren werden knallrot. Holly merkt, dass ihre eigenen Ohren auch ganz schön heiß werden. Weil sie in einen Beo verliebt ist?! Manchmal spielen Ohren voll verrückt.

»Du musst mir gleich beim Googeln helfen, okay?«, sagt sie, um ohrenmäßig für Ablenkung zu sorgen. »Wir müssen alles über Beos rausfinden.«

»Aber vorher gönnst du uns unseren Enkel noch ein

kleines Weilchen. Bitte.« Annelie geht zu Joram rüber und streicht ihm durch die Haare. »Wo wir ihn doch so vermisst haben.«

»Ich schlage vor, wir frühstücken erst mal alle zusammen«, sagt Oma Eins. »Einverstanden?«

»Das ist ein großartiger Plan.« Arthur tätschelt liebevoll seinen dicken Bauch. »Ich fall schon fast vom Fleische.«

»Arthur!«, schimpft Annelie.

»Und wann kriegt Joram seine Überraschung?«, flüstert Juni superlaut Tristan zu.

»Jetzt«, sagt der. Er hat Joram nach dem Abholen extra durch den Garten ins Haus gelotst, damit er noch nicht an seinem Zimmer vorbeikommt. Nun hält er ihm die Augen zu und führt ihn im Trippelschritt in den Flur bis zu seiner Tür mit der bunten Herzlich-Willkommen-Girlande.

»Tatatataaaa!«, ruft Juni, und Tristan nimmt die Hände weg.

Joram steht ein paar Sekunden nur davor, als müsste er die Buchstaben erst mal mühsam entziffern.

»Habt ihr etwa schon mein Zimmer fertig gemacht?«, fragt er dann ungläubig und dreht sich zu Tristan um.

Juni klatscht in die Hände. »Toll, oder?«

Holly kommt zum ersten Mal der Gedanke, dass Joram das vielleicht gar nicht toll findet, weil er es lieber selbst gemacht hätte. Tristan scheint genau dasselbe durch den Kopf zu gehen, denn sein Überraschungs-Vorfreude-Gesicht fällt zu einer trüben Grimasse zusammen.

»Mach doch mal die Tür auf!«, drängelt Juni, und da hat sie die Klinke auch schon runtergeflitscht.

Joram geht bis zur Mitte des Zimmers, dreht sich einmal langsam um sich selbst, dann bleibt er mit dem Rücken zu Holly, Tristan und Juni stehen und guckt aus dem Fenster. Er sagt keinen Ton. Juni rast um ihn rum, damit sie ihm ins Gesicht gucken kann. Ihre großen, erstaunten Kulleraugen füllen sich mit Tränen.

»Joram, nicht weinen«, flüstert sie. »Sag doch mal: schön!«

Aber Joram sagt nicht ›schön‹. Er drängt sich an allen vorbei zur Tür raus und geht mit viel zu schnellen Schritten in Richtung Wohnzimmer.

Juni schiebt ihre Hand in Hollys und flüstert: »Weint der Joram jetzt?«

Holly schüttelt den Kopf. »Ich glaub nicht. Pass mal auf.«

Und da ist er auch schon, der erste Klavierton. Genau wie Holly es vermutet hatte. Der zweite ist ein tiefes Dröhnen. Und dann kommen tausend mittelhohe, die zusammen eine von Jorams wilden Jazznummern ergeben. Es klingt schräg und laut und wütend, und

es wird begleitet von ziemlich begeisterten Urwald-Flöten-Tönen.

»Na wunderbar«, murmelt Tristan. »Ich mach wohl im Moment alles falsch.«

Holly streichelt ihm sanft über den Arm. »Hallo«, sagt sie leise.

Er sieht sie verwundert an. Natürlich kann er nicht verstehen, was dieses ›Hallo‹ zu bedeuten hat. Aber dann schickt er ihr ein so dankbares und erleichtertes Lächeln, als hätte er es ganz genau verstanden.

Was Neues von Max?«, fragt Holly vorsichtig, als sie nach dem Frühstück endlich in Tristans Arbeitszimmer sitzen und den PC hochfahren, um nach Beos zu googeln. Aber Joram schüttelt nur den Kopf.

»Gar nichts?« Elisa versucht, Blickkontakt aufzunehmen, aber Jorams Augen lassen sie nicht andocken. »Ist er in der Schule aufgekreuzt?«

Joram schüttelt wieder den Kopf.

Irgendwie findet Holly es fast ein bisschen cool, dass Max so hartnäckig ist. Aber für Joram ist es natürlich mies. »Hat er sich bei dir gemeldet?«

Joram nimmt seine Tasche ab und hängt sie über die Stuhllehne. »Nein.«

»Krass. Warst du deswegen vorhin so – sauer? Oder war das wirklich wegen dem Zimmer?«

Joram dreht den Kopf zu ihr und sieht sie an, als wäre die Frage total daneben. »Erst stehen Oma Lie und Opa Arthur plötzlich vor mir – hier bei euch. Da wärst du ja wohl auch verwirrt gewesen, wenn deine Großeltern, die eigentlich ...« Joram stockt.

»In dein altes Leben gehören?«

Joram zuckt die Schultern. »Ich weiß ja, dass sie Papas ... Tristans Eltern sind und jetzt eben hierher müssen, wenn sie zu Besuch kommen wollen, aber trotzdem ...« Er streicht sich die Strähne aus der Stirn. »... es fühlt sich halt komisch an.«

»Verstehe.«

»Und dann das Zimmer. Erst verteilt er die Sachen aus meinen Kartons um, dass ich selbst gar nichts mehr wiederfinden kann, dann packt er sie auch noch ohne mich aus und macht mein Zimmer fertig – er bestimmt einfach alles. Alles, verstehst du? Und fragt mich nicht mal.«

»Ich glaub«, sagt Holly leise, »er hatte 'ne stressige Woche. Und wollte wenigstens mit dir die Sachen – in Ordnung haben.«

Joram sieht sie fragend an. Er ahnt ja nichts von dem Gefühle-Chaos, das hier die letzte Woche geherrscht hat.

»Ist schon wieder alles gut«, sagt Holly schnell. »Der kosmische Plan hatte sich wohl irgendwie verschluckt.«

Joram verdreht dezent die Augen und rückt seinen Stuhl näher an den Schreibtisch. »Lass uns einfach ›Beo‹ googeln, okay?«

»Okay.« Hollys Zeigefinger schwebt über den Tasten. Normalerweise ist sie am PC superlangsam, weil ihr immer haufenweise Wörter einfallen, wenn sie die ganzen Buchstaben auf der Tastatur sieht, und am Ende hat sie vergessen, was sie eigentlich tippen wollte, aber heute hat sie in null Komma nichts das B gefunden, denn sie interessiert sich nur für ein einziges Wort, und das heißt ›Beo‹.

»Soll ich vielleicht übernehmen?«, fragt Joram.

»Warum?«, fragt Holly zurück und drückt das E runter. Wo das ist, weiß sie noch aus alten Elisa-Zeiten auswendig. Aber da hat Joram einfach seinen Stuhl noch ein Stückchen näher gerückt und seine sämtlichen Finger auf die Tastatur gelegt. Im Flüsterton und Affenzahn klackern sie über die Buchstaben.

»Woher kannst du das denn?«

»Von meiner Mutter«, sagt er, ohne zu ihr zu gucken. Klackerdiklapperdiklick. »Die hatte so ein Lernprogramm für Zehnfingersystem. Guck hier!«

Er zeigt auf den Bildschirm, wo sich lauter Beos tummeln.

Klick. Die Beos sind weg, dafür erscheint Text.

»Was willst du wissen?«, fragt Joram. »Allgemeines? Anforderungen? Anschaffung? Behausung?«

»Alles!«

Joram klickt.

Sie lesen.

»Er braucht einen großen Käfig.«

»Kriegen wir hin«, sagt Holly. »Tristan kann einen bauen.«

»Und so eine Schlafkiste.« Joram zeigt auf einen Holzkasten mit einem runden Loch in der Mitte.

»Sieht voll gemütlich aus.« Holly schielt zu ihm rüber. »Da kannst du ja vielleicht mithelfen, wenn wir das Teil basteln.«

Joram klickt.

Sie lesen.

»Er macht viel Dreck.«

»Ach, wenn er hier in meinem Zimmer wohnt, fällt der Dreck ja eh nicht auf.« Holly versucht, ernst zu bleiben.

Joram sieht sie vorwurfsvoll an.

»War nur Spaß.« Sie grinst. »Ich putze alles weg. Ehrenwort. Los, weiter.«

Joram klickt. Sie lesen.

»Man muss sich ganz viel mit dem Vogel beschäftigen. Hier steht, ein Beo ist ein 24-Stunden-Job.«

»Cool. Ich bring ihm Sprechen bei, jedenfalls wenn er Lust dazu hat. Wenn nicht, machen wir was anderes zusammen. Bist du dabei?« Holly wirft einen Blick zu Joram und sagt ultraleise: »Vogelpapa?«

Jorams Ohren schalten sich auf Rot, er sieht sie kurz an, dann sofort wieder auf den Bildschirm. »Wochenendvogelpapa«, murmelt er und klickt.

Sie lesen weiter.

»Er muss ab und zu Insekten als Futter kriegen.«

»Haben wir haufenweise im Garten. Nur meine

Schicksalskäfer darf er nicht futtern. Die brauch ich noch. Apropos ...« Holly linst zu Joram rüber, »wenn du willst, können wir ein Käferexperiment machen. Wegen Max, mein ich.«

Joram guckt sie skeptisch an. »Ich wüsste, ehrlich gesagt, nicht, was das bringen sollte.«

»Ja, vielleicht hast du recht.«

Diesmal ist Jorams Blick erstaunt. »Hab ich?«

»Ja. Wir könnten dem Käfer ja gar keine sinnvolle Frage stellen. Was du brauchst, ist ein Orakel.«

»Ein O...«

»...rakel, genau. Sagen wir mal: Wenn der Beo-Käfig fertig ist, ist mit Max alles wieder in Ordnung. Aber du musst dir ein eigenes machen und es nicht laut aussprechen, sonst nützt es nichts.«

Hundert Fragezeichen stehen Joram ins Gesicht geschrieben. »Was hat Max denn mit dem Beo-Käfig zu tun?«

»Nichts!« Der Bildschirmschoner springt an. Bunte Rohre verlegen sich selbst kreuz und quer über schwarzen Hintergrund. »Die Verbindung zwischen dem einen und dem andern entsteht dadurch, dass du es willst. Und das Geniale ist, dass du nur dran glauben musst, damit es funktioniert. Das ist die einzige Bedingung, die der kosmische Plan stellt. Und dass du es eben nicht laut sagst. Aber das ist ja wohl beides kein Problem. Oder?«

Joram sieht Holly lange an. Als sie schon denkt, dass die Blick-Schnur zwischen ihren Augen zum Balken wird, fragt er: »Und wenn man nicht an so was glaubt? Wie löst man dann seine Probleme?«

Holly schnalzt mit der Zunge. »Keine Ahnung.«

Es klopft, die Tür geht ein Stück auf, und Tristan steckt vorsichtig seinen Kopf zu ihnen rein. »Hey, Leute, wir gehen alle zusammen 'ne Runde spazieren, wollt ihr mit?«

Bevor sie antworten können, fliegt die Tür komplett auf, und die Zwillinge stehen im Zimmer.

»Können wir den Pejo behalten?«, fragt Juni aufgeregt.

Holly nickt. »Sieht sehr gut aus bis jetzt.«

»Dann könnt ihr ja mit Enten füttern.«

»Nee«, sagt Holly. »Wir müssen noch weiter recherchieren.«

»Was heißt schescherschieren?«

»Sachen rausfinden.«

Juni hüpft zum Computer, um die bunten Rohre zu beobachten. »Das ist aber gemein!« Sie stößt so doll gegen die Tischkante, dass der Bildschirmschoner verschwindet und wieder der Text von vorher erscheint. »Ihr sollt mitkommen!«

»Dann wäre B-O aber auch ganz allein«, erklärt Holly. »Der kriegt bestimmt Panik, wenn er einfach in einem neuen Haus abgestellt wird und dann alle weggehen!«

Joram macht ein kurzes, schnüffelndes Geräusch mit der Nase. »Also ... Ich hab Oma Lie und Opa Arthur schon so lange nicht mehr gesehen«, sagt er leise und guckt zu Tristan rüber, der immer noch in der Tür steht und wartet. »Eigentlich würde ich gerne mitgehen.« Er sieht Holly an. »Wir haben ja noch heute Nachmittag. Und heute Abend. Und morgen. Und ... überhaupt.«

»Gestern und morgen und heute und immer«, singt Juni, »Tag und Nacht und du und ich, Sonne und Mond und Wolken und Gewitter, vorgestern und vorvorgestern und übermorgen und Weihnachten ...«

»Juni, halt doch mal die Klappe!«, ruft Holly.

Joram streichelt Juni über den Arm. »Ich komm mit, aber Elisa bleibt hier, okay?«

»Holly«, verbessern Holly, Juni und Tristan im Chor. Als Hollys überraschter Blick die Tür erreicht hat, ist Tristan schon verschwunden. Die Zwillinge düsen hinter ihm her.

»Du benutzt den Namen echt?« Jorams Ohren leuchten rot auf.

»Ich *benutze* ihn nicht«, sagt Holly, »es ist einfach mein richtiger. Ich bin das. Verstehst du?«

Joram nickt nachdenklich. »Und Papa ... Tristan hat nichts dazu gesagt?«

»Der musste sich erst dran gewöhnen.« Holly lächelt. »Aber ich glaub, er hat's gepackt.«

Einen Moment lang scheint Joram zu überlegen, ob er was sagen soll oder nicht, dann entscheidet er sich dafür: »Wusstest du, dass meine Eltern mich Holly genannt hätten, wenn ich ein Mädchen geworden wäre?«

Holly schluckt. »Krass.«

»Find ich auch.« Joram nickt nur. »Und was wird jetzt aus deinem Namensnotizbuch? Das brauchst du dann doch eigentlich nicht mehr.«

»Stimmt«, sagt Holly. »Da hab ich ja jetzt Platz für ganz andere Sachen!«

***

»Na du?« Holly setzt sich langsam im Schneidersitz vor den Käfig. B-O macht eine Runde Stangenhüpfen, rauf, runter, rauf, runter, schreit drei Mal und kommt dann auf der oberen Stange zur Ruhe. Er plustert sich auf und schüttelt sich anschließend.

»Ich weiß«, sagt Holly, »hier ist alles noch neu für dich. Du hast Angst. Aber das musst du nicht. Keiner tut dir was. Guck, es sind sowieso alle spazieren gegangen, da ist es hier ganz ruhig.«

B-O legt den Kopf schief.

»Ich hab alles durchgelesen, was ich über Beos finden konnte, und weißt du was? Nichts, nichts, nichts spricht dagegen, dich zu behalten.« Sie schenkt ihm ihr liebstes Lächeln. »Ich bin jetzt deine neue Mutter. Hallo.«

B-Os Brustfedern sträuben sich, er macht den Schnabel auf und klingelt den Handyton.

Hollys Herz hüpft. »Ja, hallo!«

B-O klingelt wieder, und Holly hat einen Blitzgedanken. Sie muss an das hektische Gebimmel denken, als sie sich am Morgen alle begrüßt haben.

»Gehören für dich ›Hallo‹ und Telefon zusammen?«

Wieder Klingeln.

»Betonmischmaschine.«

Nichts.

»Karawanenbegleiter.«

Nichts.

»Hallo.«

Klingeln.

Wie cool! Holly hat B-Os Begrüßungston herausgefunden! In einer Minute! Wenn das nicht mal wieder ein Zeichen ist. Aber eigentlich ist es doch kein Zeichen, denn dass zwischen ihr und dem Vogel eine ganz besondere Verbindung besteht, war ja längst klar.

B-O tritt auf seiner Stange drei Schrittchen nach hinten und wetzt sich den Schnabel am Holz. Erst die rechte Seite, dann die linke Seite.

»Hast du vielleicht Hunger?«, fragt Holly. »Das hab ich mir schon gedacht, du hast ja noch gar nichts bekommen, seit du hier bist. Nur dein doofes Trockenfutter. Guck mal, ich hab dir was mitgebracht.« Sie hält ihm das Mangostück, das sie vorhin in der Küche abgeschnitten hat, vor den Käfig, damit er sich erst mal angucken kann, was jetzt kommt. »Lecker Mango.«

Langsam, langsam und mit klopfendem Herzen führt sie ihre Hand näher an B-O ran. Je näher sie kommt, desto weiter trippelt er auf seiner Stange nach hinten. Als er mit den Schwanzfedern an die Gitterstäbe stößt, schreit er laut und plustert sich wieder auf. Er hat bestimmt noch dolleres Herzklopfen als Holly! Sie hält die Mango gerade eben so weit zwischen die Stäbe, dass B-O sie sich holen könnte – und wartet.

»Ich tu dir nichts«, flüstert sie. »Trau dich!«

B-O heftet seinen Blick auf die Mango, trippelt ein Schrittchen auf Hollys Hand zu, seine Federn werden glatt, dann plustern sie sich wieder auf, und er trippelt zurück.

Hollys Herz rast.

»Fast«, flüstert sie. Dann fängt sie an, eine beruhigende Melodie zu summen. B-O sieht sie aufmerksam an und legt wieder den Kopf schief.

»Musik«, sagt Holly. »Kennst du doch sicher?«

Sie summt weiter. Und plötzlich macht B-O den Schnabel einen winzigen Spalt auf und krächzt drei ganz leise, ganz kurze Töne vor sich hin.

»Ist ja der Hammer«, flüstert Holly. »Du summst mit Oma-Stimme!«

B-O kommt wieder ein Schrittchen auf die Mango zu, überlegt es sich dann aber doch anders. Holly summt weiter. B-Os Blick wandert gierig und skeptisch zwischen der Mango und Holly hin und her. Aber er traut sich einfach nicht, sie sich zu holen.

»Ich kann ja mal weggucken und dir was erzählen«, sagt Holly und dreht den Kopf demonstrativ zur Wand.

»Also, öhm, mal überlegen. Ich hab 'ne ziemlich verrückte Woche hinter mir. Tristan ist letzten Samstag hier eingezogen. Tristan ist der große Schwarzhaarige, den du eben gesehen hast.« Holly linst aus dem Augenwinkel zu B-O rüber, aber dessen Federn plustern sich sofort auf. Der hat den Ultra-Mini-Blick doch echt bemerkt!

»Jedenfalls«, sagt Holly leise und guckt wieder starr geradeaus die Wand an. »Er ist der neue Freund von Eva, der Frau mit den schönen langen Locken und den nackten Füßen. Das ist meine Mutter. Ihr erster Mann war Papa Paul, aber der ist gestorben, als ich sechs war. Autounfall. Irgendwann erzähl ich dir mal eine Papa-Paul-Geschichte, die sind spannend, aber leider nur erfunden. Ich kann mich nämlich an tierisch wenig von ihm erinnern. Das ist irgendwie verrückt, findest du nicht? Guck dir mal Mai und Juni an. Das sind die Kleinen, die hier vorhin rumgesprungen sind. Die sind fünf. Meinst du, wenn sie so alt sind wie ich, haben die auch das meiste von dem vergessen, was jetzt passiert? Ich kann mir das überhaupt nicht vorstellen, du?« Holly versucht, die Hand mit dem Mangostück ganz ruhig zu halten. »Aber eigentlich wollte ich dir ja was über Tristan erzählen. Ich fand es voll cool, dass er zu uns zieht. Zuerst war auch alles super. Aber dann hab ich einen totalen Koller bekommen, als Tristan mit Mai und Juni im Garten gespielt hat. Er hat sie so rumgewirbelt, vor dem Apfelbaum, immer im Kreis, wie ein Flugzeug und ...« Holly schluckt. »Weißt du, was voll krass ist, B-O? Wenn ich daran denke, kriege ich schon wieder diese ekelige Gänsehaut. Ich dachte, das wäre vorbei.« Sie hört, wie B-O sich noch mal den Schnabel an der Stange wetzt, und zwingt sich, nicht zu ihm rüberzugucken. »Es ist auch vorbei«, sagt sie mit fester Stimme. »Die Gänsehaut zählt nicht. Das ist nur eine Erinnerungs-Gänsehaut. Tristan ist ja jetzt gar nicht hier.« Die kleinen Knubbel auf der Raufasertapete ergeben Bildchen. Eine Frau mit Hund, ein Gesicht mit Schnauzbart, ein Karussell, ein Schwarm Glühwürmchen. »Dafür bist du hier, B-O, und das ist der Beweis, dass mit Tristan wieder alles perfekt ist!«

Plötzlich fängt Hollys Herz an, im Schweinsgalopp durch ihre Brust zu pesen. Es ruckelt an ihren Fingerspitzen! B-O zieht an der Mango! Schnell weiterreden! »Deine Woche war bestimmt auch ziemlich aufregend, nehm ich mal an. Du musstest von deiner alten Mama weg und hast bei Annelie und Arthur gewohnt.«

Es ruckelt weiter an ihren Fingern, sie kann sich

kaum konzentrieren. »Und jetzt bist du hier bei uns, und keiner weiß, was du gewöhnt bist und was du gerne hast und wovor du dich fürchtest und was du kannst.«

Ruckel, ruckel.

»Aber ich finde das alles raus, das verspreche ich dir.« Plötzlich sind ihre Finger leer. Langsam und vorsichtig dreht Holly den Kopf zu B-O. Er hält die Mango im Schnabel und hat sich wieder auf das hinterste Stangenstück zurückgezogen. Er fasst Holly ganz genau ins Auge, als würde er drauf warten, dass sie ihm seine Beute wieder abluchst. Aber als sie ganz still sitzt, löst er seinen Blick von ihr und schleudert mit voller Wucht die Mango gegen seine Stange. Rums. Das Stück hat einen Riss bekommen. Und noch mal. Zonk. Rechts und links fliegen Mangostückchen auf den Käfigboden. B-O wirft den Kopf in den Nacken und schlingt den mittleren Fitzel, den er jetzt noch im Schnabel hat, mit einem Happs runter.

Er hat ihr aus der Hand gefressen!!!

»Guten Appetit«, flüstert Holly.

B-O senkt den Kopf und gurrt mit Oma-Stimme: »Dangedirauch.«

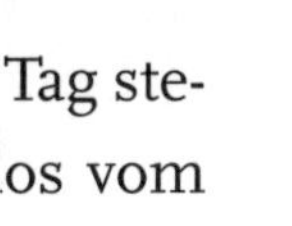

***

Nach dem Sonntagsmittagessen am nächsten Tag stehen sie zu zehnt in einer Reihe, die lückenlos vom

Spülbecken bis zum Geschirrschrank in der hintersten Ecke der Küche reicht, und waschen als letzte Amtshandlung vor der Abreise von Annelie und Arthur gemeinsam das Geschirr ab.

»Ich kann es immer noch nicht glauben, dass du Beo in so kurzer Zeit zum Sprechen gebracht hast!« Annelie nimmt einen triefend nassen Teller von Joram entgegen, trocknet ihn sorgfältig ab und reicht ihn an Opa Eins weiter. Der gibt ihn Holly.

»Ich schon«, sagt sie und drückt den Teller grinsend Eva in die Hand.

»Redet der Pejo dann bald auch mal mit meiner Stimme?«, fragt Juni und beugt sich zu Holly vor, während sie den Teller von Eva in Empfang nimmt und ihn sofort an Oma Eins weitergibt. »Oder mit der von der Mai?«

»Mit meiner Stimme darf nur ich reden.« Mai grabscht Oma Eins den Teller aus der Hand.

»Wenn überhaupt, wird er mit Hollys Stimme sprechen. Auf die hat er sich offenbar schon voll eingeschossen.« Arthur nimmt Mai den Teller ab und überreicht ihn mit einer leichten Verbeugung Tristan, der ihn in den Schrank räumt.

»Die ›Hauptbezugsperson des Beos‹«, sagt Joram und quietscht mit dem Spülschwämmchen in einem Glas rum. »Haben wir doch gestern im Internet gelesen.« Er reicht Annelie das Glas und dreht sich zu Holly um. »Das bist jetzt du.«

»Ja, das bin jetzt ich.« Glücklich lässt Holly das Glas die Reihe entlangwandern.

»Ich will auch mal ein Tier«, motzt Mai. Der Geschirrfluss kommt zum Stillstand, weil sie das Glas zwischen ihren verschränkten Armen einklemmt. »Nicht immer nur Elisa.«

»Wir hatten doch noch nie ein Tier, Mai-Kind«, sagt Oma Eins sanft.

»Trotzdem.«

»Ich mach dir ein Tier!«, tröstet Juni und zieht das Glas vorsichtig aus Mais Klammergriff. »Ich hab schon eine Idee!«

»Ich will aber kein gebasteltes«, knurrt Mai.

»Wird es auch nicht!« Juni hüpft aufgeregt aus der Reihe und gibt Arthur das Glas. »Ein ganz echtes! Komm mit!« Und mit Mai im Schlepptau düst sie raus in den Garten.

»Oha, Lücke im System!«, ruft Arthur. »Alle mal ein bisschen aufrücken.«

Annelie, Opa Eins, Holly, Eva und Oma Eins trippeln ein Schrittchen auf den Schrank zu, bevor die große Servierplatte sich auf den Weg von Joram zu Tristan macht.

»Fällt euch nicht zufällig doch noch was ein, was B-O kann?« Holly will sich nicht damit zufriedengeben, dass Annelie und Arthur nur die Schultern gezuckt haben, als sie sie nach B-Os Vergangenheit gefragt hat.

»Alles, was wir wissen, haben wir dir schon gesagt, Schatz.«

Ja. Dass er dreizehn Jahre lang bei der Oma gelebt hat, die jetzt ins Altersheim gekommen ist. Dass er sehr laut ist und viel Dreck macht. Nicht gerade ein Sachbuch.

Annelie stopft das Geschirrtuch in den Saftkrug und lässt die Arme sinken.

»Tristan, Eva«, sagt sie, »habt ihr euch das auch wirklich gut überlegt mit dem Beo?«

Arthur sieht sie entsetzt an. »Frau, was tust du?«

Annelie atmet tief ein. »Also gut, ich gebe es ja zu, unser Besuch bei euch und der Beo waren nicht ganz unabhängig voneinander.«

Holly sieht Eva schmunzeln.

»Aber ihr sollt nicht denken, dass wir nur deswegen gekommen sind! Wir wollten euch natürlich kennenlernen!« Sie lächelt einmal die Reihe durch. »Ich möchte auf keinen Fall, dass ihr euch verpflichtet fühlt, den Beo zu nehmen! Wir können ihn auch wieder …«

»Nein!« Evas Stimme ist noch lauter als Hollys eigene.

Tristan lacht. »Du hörst es, Mama. Meine Ladys sind sich sicher.«

»Das ist schön«, sagt Annelie, schert aus der Reihe aus, klopft ihrem riesigen Sohn mütterlich auf die Schulter und sieht Eva an. »Besser als bei euch könnte er es auch nirgendwo haben.«

Vom Spülbecken hört man plötzlich ein leises Platschen. Joram dreht sich um. Von seinen Händen tropft der Schaum. »Oma Lie?«, fragt er leise. »Könnt ihr mir einen Gefallen tun?«

»Alles, was du willst, Schatz.« Annelie hält immer noch den Krug in den Händen, in dem das Geschirrtuch aussieht wie karierter Saft.

»Könnt ihr euch noch von Mama verabschieden, bevor ihr nach Hause fahrt?«

Annelie wirft Arthur einen Hilfe suchenden Blick zu. »Verabschieden?«, fragt sie. »Wie meinst du das denn? Wir haben die Mama doch diesmal gar nicht gesehen.«

Joram schüttelt den Kopf. Seine Ohren sind tomatenmarkfarben. »Ich meine richtig verabschieden«, sagt er.

Einen Moment herrscht totale Stille. Dann schaltet sich Tristan ein.

»Kumpel«, sagt er. »Oma Lie und Opa Arthur sehen Mama doch wieder. Da gibt es bestimmt noch viele Gelegenheiten.«

»Spätestens wenn du Abi machst.« Arthur grinst. »Vorausgesetzt natürlich, du schaffst das Abi.«

»Arthur, jetzt lass doch mal die Witze!«, schimpft Annelie. »Ich finde, Joram hat völlig recht. Auf dem Heimweg fahren wir bei Nikola vorbei und sagen ihr Auf Wiedersehen.«

Vier ziehen!« Holly knallt ihre Sieben auf den Tisch.

»Nö.« Tristan legt noch eine Sieben nach. »Sechs ziehen. Sorry, Kumpel.«

Joram nimmt leise seufzend sechs Karten vom Stapel und legt dann eine Acht. »Oma Eins muss aussetzen.«

»Gut gemacht, Junge!« Opa Eins grinst zufrieden. »Die gewinnt uns noch. Und das will ja keiner.«

»Du bist ja sehr charmant heute.« Oma Eins tut beleidigt, aber Holly weiß genau, dass es ihr egal ist, ob sie gewinnt oder verliert – im Gegensatz zu Opa Eins.

Der legt einen Buben. »Ich wünsche mir Herz und Frieden auf Erden.«

»Mau Mau.« Mit einem leisen Klacken schnippst Eva ihre letzte Karte auf den Haufen. Herz König.

»Mist!«, flucht Opa Eins. »Hätte ich doch Karo gesagt!«

Oma Eins tätschelt ihm die Hand. »Ist doch nur ein Spiel, Hubert.«

»Wir wollen auch mitmachen!« Mai und Juni kommen durch die Gartentür ins Wohnzimmer.

»Gutes Timing, wir fangen gerade eine neue Runde an.« Opa Eins mischt mit seinen Profi-Karten-Händen schneller, als man gucken kann.

»Habt ihr kein Tier für Mai gefunden?«, erkundigt sich Holly.

»Doch, sogar ganz viele«, sagt Juni, »aber die wollten leider alle nicht.«

Sie stapft zum Käfig, kniet sich vor B-O und murmelt fachmännisch: »Wir brauchen eins mit Käfig, damit das nicht abhauen kann.«

»Nicht zu nah ran!«, ruft Holly. »Sonst bekommt er Angst.«

Mai hockt sich auch noch dazu. Holly gefällt das gar nicht. Bis jetzt hat sie die Zwillinge erfolgreich von B-O fernhalten können. Vor allem Dank Annelie und Arthur, die bei dem strahlenden Wochenendwetter fast die ganze Zeit im Garten gehockt und sich mit den Kleinen beschäftigt haben. Arthur hat ihnen sogar Zaubertricks beigebracht, und im Vergleich zu B-O war das wohl die größere Attraktion.

Aber jetzt ist die Attraktion wieder nach Hause gefahren.

»Sing mal was!«, sagt Juni und tupft ihren Finger sanft gegen die Gitterstäbe. »Soll ich dir mein Hummel-Lied beibringen, Be-Öchen?«

B-O quetscht sich in die hinterste Ecke vom Käfig und plustert sich auf. Er schreit.

»Guck mal!«, ruft Juni aufgeregt. »Von B-O ist eine Feder abgegangen! Kann ich die haben?«

»Was?«, ruft Holly und stürmt sofort zum Käfig.

Tatsächlich. Eine ziemlich große sogar, wahrscheinlich vom Schwanz oder aus dem Flügel. Juni streichelt erst sich und dann Mai damit übers Gesicht. »Kitzelig, oder?«

»Ich dachte, ihr wolltet Mau Mau spielen?«, ruft Opa Eins und verteilt zackig die Karten. »Dann kommt jetzt auch!«

Juni steckt sich die Feder in ihren Zopf und zerrt Mai zum Tisch. »Die nächste Feder kriegst dann du, okay?«

Holly protestiert nicht, weil Juni einfach so über die Feder bestimmt. Hauptsache, die beiden lassen den armen B-O in Frieden. Sie schickt Opa Eins einen dankbaren Blick, weil er sie losgeeist hat, aber der sieht ihn gar nicht. Er hat sich seine Karten aufgefächert und sortiert sie mit höchster Konzentration.

Als sie an den Tisch zurückkommt, gähnt Joram ihr entgegen. Dabei ist doch erst früher Nachmittag! Vielleicht hat er wieder endlos wach gelegen und über Max nachgegrübelt. Ausgerechnet in seiner ersten Nacht im neuen Vater-Zuhause! Langsam hat Holly die Nase so richtig voll von diesem Max-Zickerich.

Allerdings muss man fairerweise zugeben, dass es bei ihnen allen gestern spät geworden ist. Mit Annelie und Arthur war es einfach so schön und der Abend so mild. Als die Dämmerung kam, haben sie zwanzigtausend Kerzen angezündet und überall verteilt. Es gab Gänsewein für die Kinder und richtigen Wein für die Erwachsenen und Sterne für alle. Mai und Juni sind irgendwann auf dem Gartensofa eingeschlafen, und Tristan hat sie zu Oma und Opa Eins hochgetragen, weil das Zwillingsdoppelbett das Nachtlager für Annelie und Arthur sein sollte. Die andern haben sich danach noch bis in die Puppen unterhalten. Annelie und Arthur haben Kinder-Geschichten von Tristan erzählt. Und Holly ist dabei klar geworden, dass Phase Eins und Phase Zwei für sein Leben überhaupt nicht reichen. Vor Phase Eins mit Nikola hat Tristan ja schon ganz viele andere Sachen erlebt. Nikola und Joram sind also mindestens Phase Vier oder Fünf oder vielleicht sogar Zwanzig. Und vielleicht ist das mit den Phasen ja sowieso blöd gedacht, weil ein Leben eben ein Leben ist und man das nicht zerhacken und den einzelnen Stücken Nummern verpassen kann. Jedenfalls fand Holly, dass es genau richtig ist, so, wie es gekommen ist. Und alles kam ihr ganz heil und unzerstückelt vor.

Und ausgerechnet, als dieser letzte Gedanke glücklich und zufrieden an ihrem inneren Kaffeetisch saß, schwirrte ein Glühwürmchen zu ihnen an den echten Tisch und hat sich auf Jorams Ärmel gesetzt. Holly hatte sofort krasses Herzklopfen, und der nächste Gedankenkaffeeklatsch ging los:

Bedeutet das, dass Holly doch in
Joram verliebt ist?

Vielleicht bedeutet es auch, dass sie es nicht ist, und jetzt sogar ein echtes Glühwürmchen aushalten kann, ohne liebesmäßig auszuflippen?
Ist es ein Bruder-Glühwürmchen?
Oder einfach ein Zufalls-Glühwürmchen?
Heißt das, dass der Konfettischnipsel auch nur Zufall war?

In dem Moment hat das Glühwürmchen seine Po-Lampe ausgeknipst, und da wurde es Holly zu viel. Was das nun wieder zu bedeuten hatte oder auch nicht, wollte sie nicht auch noch überlegen müssen. Also hat sie ganz fest an B-O gedacht, und da hat ihr Herz nur noch für ihn geschlagen.

»Kannst du mir einen Fächer machen?« Juni streckt Joram einen verwuselten Kartenklumpen hin. Er macht die Augen zu, klopft den Stapel auf dem Tisch zu einem ordentlichen Päckchen zurecht, fächert ihn blind auf und reicht ihn an Juni zurück.

»Warum machst du das mit Augen zu?«, fragt sie staunend.

»Ich darf doch nicht sehen, was du für Karten hast.«

»Warum nicht?«

»Weil ...«

Karten-Experte Opa Eins fällt Joram ins Wort. »Weil er sonst berücksichtigen kann, was du auf der Hand hast, wenn er ausspielt.«

Juni guckt Opa Eins an, als hätte er nicht mehr alle Tassen im Schrank. »Was?«

Oma Eins muss lachen. »Lasst uns doch einfach spielen«, sagt sie und gähnt dann ganz fürchterlich. Dieses Gähnen ist der Startschuss für eine Massenmüdigkeit. Plötzlich gähnen alle. Mai und Juni reiben sich die Augen. Nicht mal mehr Opa Eins macht einen eifrigen Eindruck.

Klack, klack, klack landen die Karten auf dem Stapel, hin und wieder murmelt jemand »zwei ziehen« oder »aussetzen« oder »huaaaahhhh«, ansonsten herrscht Stille am Tisch. Aber es ist eine schöne Stille, vertraut und gemütlich und warm. Durch die offene Terrassentür weht der Sommer ins Zimmer.

Hollys Gedanken driften ab, sie riecht ein Feld voll brauner Blumen und sieht klitzekleine Beos in Glühwürmchenformat durch die Gegend schwirren. Und dann hört sie sogar eine leise Melodie das Wohnzimmer erfüllen. Ist sie vielleicht eingeschlafen und träumt das Kartenspielen nur? Aber als die anderen am Tisch sich gegenseitig mit erstaunten Gesichtern angucken und Juni aufgeregt an ihrem Ärmel zupft, wird Holly klar, dass *wirklich* eine leise Melodie das Wohnzimmer erfüllt!

»B-O spielt Blockflöte«, flüstert Juni.

Zart und sanft kommen die Töne aus der Ecke, wo der Käfig steht, und verteilen sich in der Stille.

Düdeldüdeldüdeldüdeldüüüü. Düdeldüüü, düdeldüüüü. Düdeldüdeldüdeldüdeldüüü, düdeldü di düdeldü.

»Das ist *Für Elise*«, raunt Joram. »Von Beethoven.«

»Grundgütiger!«, stöhnt Oma Eins und guckt zu Opa Eins rüber, als hätte der Blitz eingeschlagen.

»Das gibt es doch wohl nicht.« Tristan legt seine Karten ab. Er flüstert so leise, dass man es kaum hören kann. »So einen Riesenzufall kann es doch gar nicht geben! Elisas Vogel hat *Für Elise* drauf?!«

»Ist doch Hollys Vogel«, flüstert Juni.

»Jetzt seid doch endlich mal still!« Holly schlägt das Herz bis in den Hals. »Ich kenn das Lied irgendwoher.«

»Das kennt jeder«, flüstert Joram.

Holly schüttelt den Kopf. Sie kennt es nicht so, wie man Allerweltsstücke kennt. Es ist nicht ihr Ohr, das sich an die Melodie erinnert. Nicht ihr Kopf. Sie erinnert sich mit dem ganzen Körper. Die Gänsehaut ist wieder da. Die aus dem Garten.

B-O verstummt.

»Noch mal«, flüstert Elisa. »Bitte!« Sie hat den Zipfel von etwas krass Wichtigem zu fassen bekommen, so viel weiß sie. Es darf ihr nicht entwischen! Wenn sie die Melodie jetzt noch mal hört, kann sie sich ihre Erinnerung vielleicht noch ein winziges Stückchen näher ranziehen.

Aber B-O bleibt still.

»Noch mal«, flüstert Elisa wieder.

»Elisa, Kleines«, fängt Opa Eins an.

»Nein! Sei still!« Sie fühlt Tränen in ihren Augen aufsteigen wie Kohlensäure in einer Sprudelflasche. Gleich reißt der Faden ab! Sie braucht das Lied! Jetzt sofort!

»B-O«, murmelt Elisa und kneift die Augen zu. »Bitte noch mal.«

Und plötzlich ist die Melodie zurück. Aber es ist nicht B-O, der sie flötet. Es ist Joram, der sich ans Klavier gesetzt hat.

Düdeldüdeldüdeldüdeldüüü.

Eine neue Gänsehautwelle. Noch stärker diesmal. Elisa hält ganz still, als könnte jede Bewegung den Erinnerungszipfel in ihrer Hand wegflutschen lassen.

Düdeldüüü, düdeldüüü.

Düdeldüdeldüdeldüdeldüüü düdeldü di düdeldüü.

Dann spielt Joram auf einmal etwas anderes.

»Was machst du?«, ruft Elisa aufgebracht und reißt die Augen auf.

Joram bricht ab. »Ich spiele *Für Elise.*«

»Das ist es aber nicht.«

»Doch.« Er spielt wieder das Falsche.

»Nein!«

»Elisa!« Oma Eins ist aufgestanden.

»Nein!«

Düdeldüdeldüdeldüdeldüüü.

Das ist es!

»Noch mal«, flüstert Elisa.

»Das ist aber nur der Anfang, es geht dann noch …«

»Noch mal!!!«

Joram spielt es noch mal.

Gänsehaut.

Aber immer noch keine Erinnerung.

»Noch mal!«

Düdeldüdeldüdeldüdeldüüü.

»Noch mal!«

»Oh, bitte aufhören!« Ein heiseres Schluchzen.

Elisa wirbelt herum. Oma Eins weint! Opa Eins steht auf und nimmt sie in den Arm. Auch Eva ist aufgestanden, kommt um den Tisch herum und drückt Elisa fest an sich.

»Du kennst das Stück von Papa Paul«, sagt sie sanft.

Elisa macht sich aus der Umarmung los und sieht Eva fassungslos an. Eva weiß, woran sie sich erinnert? Und sie selbst weiß es nicht?!

»Es war sein Lieblingsstück. Er hatte so eine kleine Spieluhr in einer Pappschachtel. Mit einer winzigen Kurbel, weißt du noch?«

Elisa schüttelt den Kopf. Sie weiß nichts mehr. Gar nichts.

»Die Spieluhr hat er an manchen Tagen stundenlang gedreht. Immer wieder die ersten paar Takte von *Für Elise*. Wir andern sind manchmal geflohen, weil wir es nicht mehr hören konnten. Nur dir hat es nichts ausgemacht. Du hast auf seinem Schoß gesessen, oder neben ihm, und dir geduldig hundert Mal das Gleiche angehört.«

Warum erinnert Elisa sich nicht daran? Sie fühlt sich plötzlich betrogen, weil sie so viel von der wenigen Zeit, die sie mit Papa Paul hatte, vergessen hat. Es ist, als hätte sie gerade den verschollenen Umzugskarton wiedergefunden. Sie erinnert sich genau, dass supertolle Sachen da drin waren – und dann macht sie ihn auf und er ist leer.

»Ich kriege keine Luft mehr«, japst Juni.

Alle drehen sich zu ihr um. Sie atmet durch den Mund und hat ihre knallroten Augen weit aufgerissen. Mai niest und hustet gleichzeitig. Ihre Augen sehen genauso rot aus wie Junis.

»Herr im Himmel!«, ruft Oma Eins. »Was ist denn mit den Kindern?!«

Im Hintergrund hört man geräuschvolles Schnabel-an-der-Stange-Wetzen.

»B-O«, flüstert Elisa. »Sie sind allergisch gegen B-O.«

Tristan schnappt sich Juni und zieht ihr die Feder aus dem Zopf, Eva schnappt sich Mai. Sie tragen sie in den Garten, an die frische Luft. Opa Eins holt nasse Waschlappen. Oma Eins zieht ihnen die Klamotten aus.

Elisa wandert wie in Trance zu B-Os Käfig und setzt sich neben ihn. Durch die große Glasscheibe beguckt sie sich die Hektik im Garten, bis die Tränen in ihren Augen so hoch steigen, dass alles verschwimmt. Als sie ihr die Wangen runterlaufen, wird das Bild kurz scharf, dann verschwimmt es wieder.

Ich kann B-O nicht behalten.
Ich kann B-O nicht behalten.
Ich kann B-O nicht behalten.

Eva geht vor Elisa in die Hocke. »Wir sind wieder da.«

Elisa weiß nicht, wie lange sie auf dem Boden vor dem Käfig gekauert hat. Fünf Minuten? Zwei Stunden? Die Zeit hat sich einfach ausgeschaltet.

Sie weiß nicht, was sie gedacht hat.

Sie weiß nicht, ob sie überhaupt was gedacht hat.

Es ist, als hätte sie geschlafen. Mit offenen Augen. Auf dem Grund eines Brunnens. Ohne Traum.

Eva wischt ihr die Wangen ab. »Mai und Juni haben in der Notaufnahme ein Medikament bekommen. Es geht ihnen schon wieder viel besser.« Ihre Stimme ist ganz sanft. »Wir bringen B-O jetzt erst mal auf die Terrasse. Willst du auch draußen übernachten?«

Elisas Arme und Beine sind taub. Ihr Po ist taub. Sogar ihr Gesicht ist taub. Aber innerlich, von der Kehle bis in den Bauch, spürt sie ein wütend-verzweifeltes Brennen. »Alles ist falsch!« Sie schreit, so laut, als müsste sie sich selber damit aufwecken. Und es klappt. Wo vorher nur Schwärze war, ist plötzlich wieder das Wohnzimmer. Und im Wohnzimmer stehen die Einser, Mai und Juni, Tristan und Joram und sehen sie erschrocken an.

»Tristan muss wieder ausziehen! Ich wusste, dass was nicht stimmt, als er Juni im Garten rumgewirbelt hat. Ich hab es gefühlt! Und nur, weil Annelie und Arthur B-O mitgebracht haben und ich ihn so gern haben wollte, dachte ich, das wäre ein *gutes* kosmisches Zeichen. Aber jetzt ist schon wieder was mit Mai und Juni. Was Schlimmes. Wegen B-O! Wegen Tristan! Er ist eine Gefahr!«

»Was redest du denn da?« Eva schüttelt sie.

Eva hat sie noch nie geschüttelt.

Schluchzend lässt Elisa sich in ihre Arme fallen. »B-O hat das Lied von Papa Paul geflötet. Und jetzt muss ich ihn wieder abgeben. Das ist das Schrecklichste, was mir je passiert ist. Wir sollen keinen neuen Vater kriegen! *Das* ist die Botschaft vom kosmischen Plan!«

Evas Arme haben sich fest um Elisas Brust geschlungen. Wieder schaltet sich die Zeit aus und ist nicht mehr zu spüren.

»Elisa-Kind.« Zittrig und ernst dringt die Stimme von Oma Eins in die dunkle Umarmung. »Wir bringen jetzt diesen Vogel nach draußen, und dann versammeln sich mal alle am großen Tisch. Wir müssen dir was sagen. Und dir auch, Eva.«

***

»Wir wissen, warum du so schlimm geweint hast, als Tristan mit Juni Flieger gespielt hat.« Oma Eins hat die linke Hand zur Faust geballt und knetet sie mit der rechten.

Opa Eins hat ihr seinen Arm auf den Rücken gelegt und beobachtet sie beim Kneten. Aber seine Augen wirken dabei starr, als würde er gar nichts sehen.

Elisa traut sich nicht, Oma Eins zum Weiterreden zu drängen, obwohl sie noch nie so gespannt war wie jetzt gerade.

Endlich hebt Oma Eins ihren Kopf und sieht Eva an. »Erinnerst du dich noch, als Elisa die Gehirnerschütterung hatte?«

Eva nickt. »Natürlich.«

»Gehirnerschütterung?«, fragt Elisa. »Wann denn?«

»Da warst du fünf.« Jetzt guckt Oma Eins Elisa an. »Eva hat an dem Nachmittag ein Haus verkauft. Und wir haben auf dich aufgepasst.« Sie seufzt, und ihr Atem stottert beim Einatmen ganz komisch. »Es war Sommer, wir waren alle im Garten. Opa Eins und ich hatten uns die Liegestühle rausgestellt und dabei zugeguckt, wie Paul mit dir gespielt hat. Du hast die ganze Zeit gekichert und gelacht. Ihr habt Fangen gespielt und Verstecken … Die Sonne schien uns in die Gesichter, und irgendwann müssen wir eingenickt sein.« Oma Eins guckt zu Opa Eins rüber, der immer noch ihre Hände anstarrt. Er nickt.

»Ich bin von deinem Angstschrei hochgeschreckt.« Jetzt verschränkt Oma Eins die Finger, die davon ganz weiß und glatt werden, und wendet den Kopf Eva zu. »Elisa ist damals nicht vom Baum gefallen, Eva.«

An ihrer zitternden Stimme merkt Opa Eins wohl, wie schwer es ihr fällt weiterzusprechen. Er sieht endlich auf und übernimmt das Reden für sie. »Paul hat Flieger mit Elisa gespielt. Die letzte Runde haben wir noch gesehen – dann sind ihm die kleinen Händchen weggerutscht.«

Eva schlägt sich die Hand vor den Mund.

»Und dann bin ich runtergefallen?«, fragt Elisa.

Oma Eins schluchzt.

Opa Eins schüttelt den Kopf. »Schlimmer, Kind. Du bist gegen den Apfelbaum geknallt. Wir dachten, du bist tot.«

»Hubert!« Elisa erkennt die Stimme von Oma Eins gar nicht wieder.

»War ich ohnmächtig?«, fragt sie atemlos.

Opa Eins nickt. »Ja, minutenlang. Es kam uns vor wie Stunden.« Diesmal ist es seine Stimme, die wegkippt.

Dafür kann Oma Eins wieder sprechen. Es ist, als würden die beiden auf einer Wippe sitzen: Immer, wenn der eine hilflos in der Luft hängt, hilft der andere weiter. »Wir haben sofort den Krankenwagen gerufen. Du musstest genäht werden.«

»Aber ich hab doch gar keine Narbe!«

»Die ist nur versteckt unter deinen dichten Locken.« Eva gräbt ihre Finger in Elisas Haare, tastet ein bisschen rum und drückt dann auf eine Stelle an ihrem Hinterkopf. »Fühl mal.«

Tatsächlich. Ein ganz schmaler Hubbel, kaum zu spüren. Manchmal juckt es Elisa genau da.

Einen Augenblick lang herrscht Stille. In die Stille wollen sich ein paar Fragen bohren, aber die sind Elisa viel zu kompliziert. Eigentlich ist das, worauf es ankommt, ganz einfach. Sie sieht Eva an.

»Dann hat die Flieger-Nummer mir deswegen solche Angst gemacht!« Ihr Blick huscht zu Oma und Opa Eins. »Weil ich dabei schon mal was Schlimmes erlebt habe.«

Niemand nickt, aber das ist auch unnötig.

»Und mit Tristan hat das null zu tun!«

Die Erleichterung fängt in Elisas Bauch an und durchflutet dann ihren ganzen Körper wie eine Riesenwelle. Sie schlingt ihre Arme um Tristans Hals und schluchzt mit Oma Eins um die Wette.

Tristan drückt sie sanft zurück, und Elisa kann sich nicht vorstellen, dass diese Arme jemals ein Kind fallen lassen könnten. »Muss ich jetzt nicht mehr ausziehen?«, fragt er leise.

Elisa schüttelt den Kopf und lacht heulend.

Das Geschluchze von Oma Eins klingt nicht mehr ganz so verzweifelt. »Es tut uns so leid. Wir hätten schon viel früher was sagen müssen.« Sie dreht sich zu Eva. »Er war so gut drauf an dem Tag. Wir ...«

»Es war nicht eure Schuld.« Eva lächelt, und es sieht aus, als wäre das die anstrengendste Muskelübung, die man überhaupt nur vollführen kann. »Es war ein Unfall. So oder so.«

Joram, der die ganze Zeit keinen Ton von sich gegeben hat, sieht Eva mit grüblerischer Miene an. »Aber wenn es ein Unfall war, warum ...?«

»Kumpel?«, unterbricht Tristan ihn sanft. »Jetzt nicht, okay?«

***

Elisas Herz fühlt sich an wie ein Bleiklumpen mit Flügeln. Sie ist total niedergeschlagen, weil sie B-O abgeben muss. Und total glücklich, weil sie Tristan wiederbekommen hat. Je nachdem, welcher Gedanke sich gerade vordrängelt, flattert ihr Herz aufgeregt in die höchsten Höhen, oder es kracht im Sturzflug in Richtung Boden.

Sie streicht mit der Feder, die Juni sich in den Zopf gesteckt hatte, zärtlich über die Gitterstäbe von B-Os Käfig. Er beobachtet sie interessiert dabei und flötet einen leisen Urwaldton. Er scheint sich hier draußen wohl zu fühlen, unter freiem Himmel, neben dem Gartensofa, allein mit Elisa, sanft umhüllt von Jorams Klaviermusik, die aus dem Wohnzimmer zu ihnen dringt. Der arme B-O ahnt ja auch noch nichts davon, dass er bald schon wieder wegmuss!

Diese Feder wird wahrscheinlich das einzige Andenken an ihn sein, das Elisa bleibt. Und ihre Erinnerungen natürlich. Vorausgesetzt, die verkrümeln sich nicht auch wieder, wie die Erinnerungen an Papa Paul. Aber das darf nicht passieren! Und die beste Methode, um das zu verhindern, ist, ein Ersatz-Zuhause für B-O zu finden, wo sie ihn immer besuchen kann.

»Ich verspreche dir, dass du es gut haben wirst«, flüstert sie und drückt ihren Rücken, so fest sie kann, gegen die Seitenwand vom Sofa, damit sie etwas anderes fühlt als ihr abstürzendes Herz. »Ich suche für dich den besten Vogelkümmerer der Welt.«

Mit einem Mal steht Joram in der Terrassentür.

Das hätte glatt ein kosmisches Zeichen sein können, wenn sie nicht vorhin, während ihrer antiallergischen Groß-Putz-Saug-Schrubb-Lüft-Aktion im Wohnzimmer schon darüber gesprochen hätten, dass im Mietshaus von Joram und Nikola Haustiere verboten sind. Joram kommt also definitiv nicht als bester Vogelkümmerer der Welt infrage. Leider!

»Der Spaziergang dauert wohl länger«, sagt er.

Elisa nickt. »Sieht ganz so aus. Sie wollen hier wahrscheinlich noch so lange wie möglich alle Fenster offen lassen, damit die letzten Vogelstaubkörnchen abschwirren können und Mai und Juni nicht wieder allergisch werden.«

»Ich müsste eigentlich mal langsam nach Hause.«

»Mmmh.« Elisa überlegt. »Soll ich Bescheid sagen, dass du schon allein gegangen bist?«

Joram zuckt die Schultern und sieht auf die Uhr. »Ist vielleicht das Beste.«

»Okay.«

»Okay.« Aber Joram geht nicht. Er steckt sich die Hände in die Hosentaschen und guckt B-O dabei zu, wie er auf dem Käfigboden nach Mangoresten pickt. »Das war ganz schön komisch heute, oder?«, rückt er endlich mit der Sprache raus. »Die Geschichte mit deinem Vater.«

Elisas Herz stopft sich die Flügel in die Ohren und schwebt auf der Stelle.

»Was meinst du?«, fragt sie matt. Eigentlich reicht es ihr für einen Tag. Sie ist froh, dass sich die Fragen, die bei der Erzählung von Oma Eins an die Oberfläche kommen wollten, wieder zurück in die Erde geschraubt haben. Noch ein Gedankenkaffeeklatsch muss jetzt nicht sein.

Aber Joram sieht das offenbar anders. »Na ja.« Er nimmt eine Hand wieder aus der Tasche und kratzt mit dem Finger ein bisschen Fliegendreck von der Terrassentür. »Ich frag mich die ganze Zeit, warum Oma und Opa Eins Eva angelogen haben, damals. Warum sie ihr nicht gesagt haben, dass Papa Paul dich fallen gelassen hat. Das war natürlich total schrecklich und alles, aber er hat es ja nicht mit Absicht gemacht.«

»Natürlich nicht!«

»Sag ich ja.« Der Fleck ist jetzt weg, aber Joram kratzt immer noch an der Stelle rum. »Es war ein Unfall. Und deswegen wundere ich mich halt, dass sie behauptet haben, du wärst vom Baum gefallen. Und …« Sprechstopp.

»Und?«, bohrt Elisa nach.

»Und warum Papa Paul das anscheinend auch behauptet hat. Oder zumindest …« Schon wieder spricht er nicht weiter. Elisa will das alles gar nicht hören, und nun muss sie es ihm auch noch aus der Nase ziehen!?

»Jaaaa…?«

»Zumindest hat er nicht gesagt, dass es nicht stimmt.

Mit dem Vom-Baum-Fallen.« Jetzt macht Joram aus dem Gedankenkaffeeklatsch auch noch einen Krimi!

»Wir wissen doch gar nicht, was Papa Paul behauptet oder nicht behauptet hat«, protestiert Elisa schwach.

Joram lässt endlich die Scheibe in Ruhe und sieht Elisa an. »Ich weiß. Er kommt in der Geschichte eigentlich gar nicht vor. Ich meine, nicht so richtig. Nicht, wie er reagiert hat. Was er gesagt hat. Ob er mitgefahren ist ins Krankenhaus.« Er macht eine Pause. »Und weißt du noch, als Oma Eins zu Eva gesagt hat, dass er an dem Tag gut drauf war? Was sollte das heißen?«

Elisa ist ein bisschen schwindelig. »Hör zu«, sagt sie. »Hast du eine Theorie? Dann her damit. Wenn nicht, würd ich das Thema gern verschieben. Ich hab nämlich gerade andere Sorgen.« Sie zeigt mit der Feder auf B-O.

Joram sieht sie dunkeläugig an. Zu lange für Elisas Geschmack. Dann nickt er. »Ich könnte Max fragen«, murmelt er.

»Max?!«

»Er mag Tiere«, sagt Joram leise. »Und er hat viel Zeit. Er hat keine Hobbys außer Puzzeln, er spielt kein Instrument, er geht in keinen Verein. Er ... ist nur ab und zu bei mir.«

Elisa schweigt.

Ausgerechnet Max! Der sie ›Gehirnwäscher‹ genannt hat! Der sie durchgeknallt findet! Der glaubt, dass Joram sich durch sie zum Schlechteren verändert! Der wegen einem blöden Puzzle so eingeschnappt ist, dass er wochenlang nicht mit seinem besten Freund redet!

»Und er ist netter, als du denkst«, sagt Joram.

»Hey!«, ruft Elisa und tut empört. »Siehst du das hier?« Sie klopft sich mit der Faust an die Stirn. »Das ist mein Schädel. Den hab ich, damit mir nicht jeder in den Kopf gucken kann!« Sie grinst.

Joram grinst zurück. »Tja«, sagt er. »Dumm gelaufen. Röntgenblick.«

Von wegen, denkt Elisa. *Was du alles wüsstest, wenn du wirklich den Röntgenblick hättest!* ... Darauf gibt Joram keine Antwort.

»Was ist denn jetzt eigentlich mit Max und dir?« Elisa benutzt wieder ihre Stimme für die Kommunikation. »Hast du endlich mit ihm geredet?«

Joram sieht sie verdutzt an. »Wann denn?!«

Und da wird Elisa klar, dass es ja erst *gestern* war, dass sie B-O bekommen und mit Joram am PC gesessen und das letzte Mal über Max gesprochen hat. Unfassbar.

»Okay.« Die Müdigkeit von vorhin ist wie weggeblasen. »Nehmen wir an, Max würde B-O kriegen.«

»Und wollen«, wirft Joram ein.

Elisa runzelt die Stirn. »Meinetwegen: Also, wenn er ihn *nehmen* würde. Glaubst du, er würde sich gut um ihn kümmern?«

Joram überlegt. »Ich glaube, ja.«

Das reicht Elisa nicht. »Hör mal«, sagt sie. »Ich habe B-O den besten Vogelkümmerer der Welt versprochen. Du musst dir schon ein bisschen sicherer sein!«

»Ich bin nur ehrlich«, sagt Joram. »Ich hab Max ja noch nie mit einem Vogel erlebt. Vielleicht mag er keine Vögel. Oder er ist auch allergisch oder darf keine Tiere haben. Und außerdem ...«

»Außerdem was?«

»Außerdem weiß ich immer noch nicht, ob er überhaupt jemals wieder mit mir redet.« Er schaut betreten auf B-O. Der sitzt auf seiner Stange, streckt elegant ein Bein nach hinten und breitet seinen aufgefächerten Flügel darüber, als würde er ein todschickes Abendkleid präsentieren.

»Ist vielleicht doch ein Mädchen«, murmelt Elisa. »Komm, lass uns gehen!«

Joram sieht sich um, als wäre inzwischen jemand anders gekommen, mit dem Elisa plötzlich redet. Als er niemanden entdeckt, dreht er sich wieder zu ihr. »Gehen?«, fragt er. »Wohin?«

Elisa seufzt. So viel zum Thema Röntgenblick. »Zu Max, natürlich. Wohin denn sonst?«

Ich hab ja gesagt, er ist wieder nicht da.« Joram wendet sich zum Gehen.

»Vielleicht ist nur die Klingel kaputt?« Elisa drückt ihren Zeigefinger noch einmal auf den kleinen schwarzen Knopf und lässt ihn drauf.

Joram zieht ihr den Arm weg. »Du hörst doch, dass es klingelt!«

Ja, das hört sie. Die Wände des grauen Bungalows scheinen nicht die dicksten zu sein.

Elisa lauscht. Aber jetzt, wo das Schrillen der Klingel verstummt ist, dringt kein Geräusch mehr zu ihnen vor die Tür durch.

»Wir könnten ja mal hintenrum ums Haus gehen und ...«

»Nein!« Joram zieht Elisa am Ärmel. »Das machen wir auf keinen Fall! Komm jetzt.«

Elisa windet sich aus seinem Griff. »Nun warte doch mal!« Sie versucht, durch den winzigen Spalt zwischen den beiden schweren Vorhanghälften zu linsen, mit denen das Fenster zur Straße zugezogen ist. Nach oben wird er ein bisschen breiter, aber Elisa sieht auch auf Zehenspitzen nichts. In der Bude ist es stockdunkel.

Joram nimmt ihre Hand in seine und zieht Elisa weg.

»Holly«, beschwört er sie. »Bitte, komm!«

Und da merkt sie es. Wie festgetackert bleibt sie stehen, so abrupt, dass ihre Hand aus Jorams rausflutscht.

Düdeldüdeldüdeldüdeldüüü, düdelt es in ihrem Kopf.

»Ich bin nicht mehr Holly.«

Joram schnappt sich erneut ihre Hand. »Wer auch immer du bist, ich will jetzt sofort hier abhauen. Und du kommst mit!«

***

Ist Elisa jetzt wieder Elisa?
Sieht so aus.
Es muss passiert sein, als B-O ›Für Elise‹ geflötet hat.
Oder als Joram es gespielt hat.
Bloß warum ist es passiert?
Vielleicht war ›Holly‹ doch falsch für sie.
Aber der Name hat doch perfekt zu Elisa gepasst.
Vielleicht ist das wegen Papa Paul?
Vielleicht verliert sie auch noch den letzten Rest von ihm, wenn sie ihren Namen ändert?

Aber ihr sind als Holly doch so tolle Papa-Paul-Geschichten eingefallen.
Na eben! Das waren doch nur Geschichten.

»Schon gut!«, ruft Elisa. »Ich hab's kapiert.«

Joram zuckt zusammen und bleibt stehen. »Was?«

Sie sind fast vor seinem Haus angekommen. Elisa kramt in ihren Hosentaschen. »Hör zu, ich hatte gerade so was Ähnliches wie 'ne wichtige Erkenntnis.« Unzufrieden beäugt sie das zerknitterte Kaugummipapierchen, das sie gefunden hat. »Hast du vielleicht dein Notizbuch und einen Stift dabei?«

Joram runzelt verwundert die Stirn und klopft dann auf seine Tasche.

»Perfekt«, sagt Elisa. »Darf ich kurz was aufschreiben?«

»Äh. Was denn?«, fragt Joram zögerlich. Seine Ohren laufen rot an, dann nuschelt er: »Eigentlich schreib da nur ich rein.«

»Aber ich brauch irgendeinen Zettel. Unbedingt.«

»Ich hab dein Namensnotizbuch dabei. Geht das auch?«

»Das ist sogar noch viel besser!« Elisa stopft das Kaugummipapierchen wieder in ihre Hosentasche, während Joram das kleine grüne Notizbuch rauskramt und es Elisa reicht, zusammen mit einem Stift. Bis jetzt ist nur die allererste Seite vollgeschrieben: *Ronja, Mira,*

Rebecca, steht da. *Tiffany* ist wieder durchgestrichen. *Liv*. Alles in Jorams ordentlicher schräger Namens-Notizbuch-Verwalter-Handschrift. Elisas Sauklaue kann immer keiner lesen. Aber diesmal wird sie sich extra Mühe geben. Es ist ohnehin nicht viel, was sie aufzuschreiben hat.

HOLLY

malt sie in großen Buchstaben auf die letzte Seite. Dann reißt sie das Blatt raus und löst auch noch vorsichtig die erste Seite mit den alten Ersatznamen aus dem Buch. Jetzt ist es wieder wie neu.

Den einen Zettel zerreißt Elisa in winzige Schnipsel, den mit ›Holly‹ faltet sie und hält ihn Joram hin. »Gibst du das deiner Mutter? Es ist doch ihr Lieblingsname, und ich kann ihn nicht behalten.«

»Warum nicht?«, fragt Joram.

Elisa sieht ihm in die Augen. »Ich glaube, dass ich mich nie mehr richtig an Papa Paul erinnern kann, wenn ich den Namen verändere, den er für mich ausgesucht hat.« Sie zieht an ihrem Ohrläppchen. »Unlogisch?«

»Nein.« Joram nimmt den Zettel. »Ich finde das ziemlich einleuchtend.«

Sie sehen sich so lange an, dass sich zwischen ihren Augen wieder eine magische Blickschnur spannt.

»Und außerdem«, Jorams Ohren leuchten im Abendlicht, »weißt du ja, dass *ich* ›Elisa‹ gut finde.«

Irgendwas balanciert die Blickschnur entlang. Es sieht aus wie ein ... Junge, Junge! Nicht schon wieder!

»Jedenfalls«, sagt Elisa schnell, »soll deine Mutter lieber ein Buch über ›Holly‹ schreiben.« *Oder mit einem neuen Mann eine Tochter bekommen,* aber das sagt sie lieber nicht laut.

»Okay.« Joram dreht sich halb zur Haustür um. »Aber du kannst ihr den Namen auch selbst zurückgeben, komm doch einfach kurz mit hoch.«

Elisa schüttelt den Kopf. »Es ist schon spät. Und die andern wissen nicht, wo ich bin.«

Und außerdem hab ich noch was zu erledigen. Aber das sagt sie auch nicht laut.

»Okay.«

»Okay.«

»Dann ...«

»Dann ...«

Joram hebt eine Hand und winkt mit den Fingern. »Gute Nacht.«

Eine Brise Braune-Blume-Duft weht zu Elisa rüber.

»Gute Nacht«, flüstert sie.

Die schweren Vorhänge sind noch immer vor das Fenster gezogen. Diesmal versucht Elisa es gar nicht erst mit der Klingel. Entweder Max und seine Eltern sind wirklich nicht da, oder sie wollen nicht aufmachen. In beiden Fällen wäre es also sinnlos zu klingeln.

Möglichst unauffällig schleicht sie den Steinplattenweg entlang, der zwischen der seitlichen Hauswand und einer Hecke hindurch in den Garten führt. Dort ist es ziemlich kahl, nur ein einzelner, riesiger Nussbaum steht in der Mitte einer ungemähten Naturwiese. An seinem Stamm sind in regelmäßigen Abständen dicke Holzplanken festgenagelt, an denen man wie auf einer Leiter in die Krone steigen kann.

Elisa dreht sich zum Bungalow um. Genau wie vorne auch, sind vor alle Fenster und die Terrassentür dicke Vorhänge gezogen.

»So ein Mist«, murmelt sie.

Wenn der Knabe schon nie da ist, hätte sie zumindest gerne mal einen Blick in dieses Max-Haus geworfen. Vielleicht wäre dann ohnehin sofort klar gewesen, dass B-O es hier niemals aushalten würde, und dann hätten sie sich um Plan B kümmern können. Wie auch immer der aussehen würde.

Enttäuscht starrt Elisa auf die dunklen Fenster, in denen nichts zu sehen ist außer dem Abendhimmel mit seinen halb rosa, halb gelben Wattewölkchen und dem Garten, der sich in den Scheiben spiegelt. Nur in einer Scheibe spiegelt sich nichts. Und während Elisa noch damit beschäftigt ist, sich zu fragen, wie das sein kann, weht ihr ein unerwarteter Windstoß die Locken ins Gesicht. Hinter dem nicht-spiegelnden Fenster bläht sich der Vorhang – und da wird ihr klar, dass es sperrangelweit offen steht!

»Bingo!«

Sie hätte sich vielleicht sogar ohne Hilfsmittel hochziehen können, aber wenn der kosmische Plan ihr nicht nur ein offenes Fenster, sondern auch einen Terrassenstuhl dazu spendiert, kann sie den ja auch benutzen. In null Komma nichts hockt Elisa im Fenster und hält sich mit der einen Hand am Rahmen fest. Vor ihr hängt dieser vermaledeite Vorhang, den muss sie erst mal ein Stück wegziehen, bevor sie einsteigen kann. Sonst landet sie noch in einem Aquarium oder in einer Schwertersammlung oder vor dem Hochbegabte-Klavierschüler-Alligator.

Sie greift in den dunkelblauen Stoff und versucht, ihn möglichst sanft und lautlos zur Seite zu bewegen, aber da tut sich überhaupt nichts. Elisa linst nach oben und stellt fest, dass keine Röllchen am Vorhang festgenäht sind, die in einer Schiene entlanglaufen wie bei Oma und Opa Eins, sondern nur Ringe an einer Holzstange hängen, die sich unter der Last des Vorhangs nach unten durchbiegt. Da geht ohne Ruck gar nichts!

Also ruckt Elisa – so vorsichtig, wie man nur rucken kann. Der Vorhang zittert einmal müde, aber das war's.

Elisa ruckt etwas kräftiger – diesmal geben die Ringe ein kurzes Geräusch von sich, als sie über die Stange schaben, sie bewegen sich aber höchstens einen Millimeter zur Seite.

Elisa ruckt ein drittes Mal, noch kräftiger und – verliert das Gleichgewicht.

Sie krallt sich in den dunkelblauen Stoff, kann sich aber nicht halten und kippt vornüber. Und obwohl sie noch fällt, spürt sie den harten Aufprall schon, ihr Körper erlebt vor, was erst gleich passiert. Sie kneift die Augen zu und schreit, kurz und dumpf, dann landet sie, ganz anders als erwartet – auf etwas Weichem, Feuchtem, Stöhnendem.

Sie macht die Augen auf. Es ist stockdunkel. Elisa atmet. Ein Mal. Zwei Mal, dann ist er ganz da: der Geruch! Kotze und Alkohol. Sauer. Scharf. Eklig.

Vertraut.

Und da fällt Elisa noch mal. Alles wirbelt um sie herum, Apfelbaum Wiese Büsche, nur in der Mitte, ganz ruhig, steht Papa Pauls Gesicht, das nach Schnaps riecht und lacht, aber es ist gar nicht zum Lachen, Elisa hat Angst, Apfelbaum Wiese Büsche wirbeln schneller und schneller, Papa Paul lacht immer weiter, Elisas schwitzige Hände rutschen aus seinen, jemand packt sie, Opa Eins?, nein, es ist der Schwung, der sie wegreißt, weg von Papa Paul, sie schreit, es knallt so komisch, Schwärze.

Elisa atmet heftig.

Schwärze.

Dann plötzlich Helligkeit. Durch ihre zusammengekniffenen Augen erkennt Elisa eine grell leuchtende Deckenlampe. Das Weiche unter ihr bewegt sich und stöhnt wieder. In der Zimmertür steht ein Junge mit einem Eimer und einem Lappen in der Hand. Er schiebt sich die Brille auf die Nasenwurzel und starrt Elisa mit wild blinzelnden Augen entgegen.

»Wer bist du?«, fragt er fast ohne Stimme. »Was machst du hier? Wie bist du reingekommen?«

Ohne dass sie es beschließt, rappelt Elisa sich hoch. Ihr Körper hat das Kommando übernommen. Sie dreht sich nicht zu dem um, worauf sie gelandet ist. Erstaunlich zielstrebig gehen ihre gummiartigen Beine auf den Jungen zu, ihre Hand nimmt ihm den Eimer ab, ihre Finger verschränken sich mit seinen und ziehen ihn mit sich. Ihre Stimme sagt: »Wir müssen hier raus.«

Erst als sie mitten im Wohnzimmer vor Jorams Klavier steht, nimmt Elisa wieder wahr, was um sie herum ist. Der komplette Weg vom Bungalow bis nach Hause ist wie gelöscht. Verwundert stellt sie fest, dass ihre Finger eine Art Knoten mit fünf fremden Fingern bilden, die zu einem wüst schimpfenden Jungen gehören.

»Elisa?«, ruft Eva aus der Küche.

Als sie ihren Namen hört, lockert Elisa den Knoten. Der Junge reißt sich mit einem heftigen Ruck los. Sein Geschimpfe verebbt in einem düsteren: »Elisa!«

Eva kommt angelaufen, das Telefon in der Hand, und nimmt sie in den Arm. »Wo wart ihr denn nur?

Wir haben uns tierische Sorgen gemacht. Wir kommen nach Hause und kein Mensch ist da. Wir dachten schon, wegen B-O hättet ihr irgendwas ... Verrücktes unternommen.« Dann löst sie ihre Umarmung und starrt den Jungen an. »Das ist nicht Joram.«

Tristan poltert die Treppen runter. »Elisa! Endlich!« Auf der untersten Stufe bremst er ab. »Max? Was machst du denn hier? Wo ist Joram?«

»Woher soll ich das wissen?«, faucht Max. »Die da hat mich entführt!« Er reibt sich die Hand, die von Elisas Klammergriff ganz rot ist. »Ich will sofort wieder nach Hause!«

»Entführt?«, fragt Opa Eins.

Oma Eins streicht sich die Schürze glatt. »Was ist denn hier los?«

Elisa hat nicht gemerkt, von wo die beiden gekommen sind. Und auch Mai und Juni scheinen aus dem Nichts aufgetaucht zu sein. Als hätte Elisa einen Zeitsprung verpasst.

Jetzt reden sie alle durcheinander.

»Wer ist das?«

»Wo ist Joram?«

»Tristan, du musst mich wieder nach Hause fahren!«

»Wo seid ihr gewesen?«

»Jetzt sofort!«

»Wieso hast du denn Max dabei?«

»Ihr hättet wenigstens einen Zettel dalassen können!«

»Ich fahr dich natürlich.«

»Weiß deine Mutter, wo du bist, Max?«

»Ich weiß ja nicht mal selber, wo ich bin!«

»So was könnt ihr echt nicht machen!«

»Wir ...«

»Ruuuuuuuheeeeeeeeeeeeeeeeeeeeeeeeeeeeeee!«, brüllt Elisa in das Chaos.

Alles verstummt.

Sie dreht sich zu Oma und Opa Eins um. »Papa Paul war besoffen, als er mich fallen gelassen hat, stimmt's?« Sie dreht sich zu Eva um. »Der war dauernd besoffen, stimmt's?«

Absolute Stille.

Eva hält ihrem Blick stand. »Ja«, sagt sie nach drei Atemzügen. »Das war er.«

Hinter Elisas Stirn breitet sich Wärme aus und verteilt sich gleichmäßig in ihrem ganzen Körper, als hätte jemand einen Eimer Badewasser in ihr ausgeschüttet. Ihre Arme, Beine, Finger und Zehen entkrampfen sich, sie fühlt sich flüssig, labberig und erschöpft.

Papa Paul war der schlechteste Vater aller Zeiten. Er war ständig besoffen und hat sein einziges Kind lachend gegen einen Baum geschleudert. Weil es ihnen peinlich war, haben seine Eltern, die alles mit angesehen haben, die schöne

Eva belogen und behauptet, die kleine E-Punkt wäre vom Baum gefallen.

»Ihr habt euch für ihn geschämt«, sagt Elisa kraftlos. »Deswegen habt ihr gelogen.«

Die Einser sehen sie nicht an.

»Und warum hast *du* gelogen?«, fragt sie Eva.

Deren Blick verdunkelt sich. »Hab ich denn gelogen?«

»Ja!« Elisa schreit. »Nicht über etwas zu reden ist genauso schlimm wie lügen! Du wolltest, dass ich vergesse, dass Papa Paul ein Säufer ist, und jetzt hab ich alles von ihm vergessen!«

Es muss schon wieder ein Zeitsprung stattgefunden haben, denn plötzlich sitzen sie auf dem Sofa, ohne dass Elisa gemerkt hat, wie sie dort hingekommen sind.

»Papa Paul war Alkoholiker. Kein Säufer.« Eva legt ihre Hand auf Elisas Oberschenkel, aber Elisa zieht das Bein weg.

»Was ist ein Kalkofoliker?«, haucht Juni.

»Das hat was mit Geheimagenten zu tun«, antwortet Mai.

»Nein.« Eva schafft es irgendwie, Mai anzulächeln. »Alkoholismus ist eine schwere Krankheit, die bedeutet, dass man immer Schnaps trinken muss, obwohl man nicht will.«

Vom Küchentisch ertönt ein leises Klappern. Max stapelt in Zeitlupe die dreckigen Teller vom Abendessen aufeinander.

»Kann man davon sterben?«, fragt Juni leise.

Eva nickt. »Ja, das kann man.«

Eine Gabel klirrt laut scheppernd auf die Teller.

»Und ist der Papa Paul davon gestorben?«

Eva nickt wieder. »Es war ein Autounfall, und der ist passiert, weil Papa Paul betrunken war.«

Seine Familie war ihm total egal. Die ganze Menschheit war ihm total egal. Er schüttete sich schnell noch einen Eimer Schnaps rein, setzte sich ins Auto und raste mit seinem Wagen einfach in die nächstbeste Leitplanke.

»Du hättest besser auf ihn aufpassen müssen!« Elisa bohrt einen zackenscharfen Blick in Eva. »Dann wäre er vielleicht noch am Leben. Wieso hast du erlaubt, dass er betrunken Auto fährt?« Der Blick wandert zu den Einsern. »Und wenn *ihr* besser auf ihn aufgepasst hättet, hätte er mich nicht fallen gelassen!«

Oma Eins schluchzt und verbirgt ihr Gesicht in ihren Händen.

»Elisa«, sagt Opa Eins matt, aber Eva schüttelt den Kopf.

»Lass sie, Hubert, sie ist wütend und das zu Recht. Wir hätten früher mit ihr darüber reden müssen.«

»JA!« Elisa weiß nicht, wo sie mit ihrer Wut hinsoll. Sie würde sie gerne gegen eine Wand knallen, mit so viel Wucht, dass sie sofort wieder zurückspringt, wie ein Flummi. Und dann noch mal und noch mal.

Aber da ist keine Wand.

Da ist nur Eva, und die ist Watte.

»Man kann auf einen Alkoholiker aufpassen«, sagt sie. »Aber dann bleibt von deinem eigenen Leben nicht mehr viel übrig. Es ist ein 24-Stunden-Job.«

Genau wie ein Beo, flitzt ein kleiner nackter Gedanke an Elisa vorbei.

»Und außerdem passt der Alkoholiker dann nicht mehr auf sich selbst auf. Und dann bleibt er vermutlich für immer krank.«

Ein Glas kippt um. Max greift hektisch danach und wischt die entstandene Saftpfütze mit seinem Ärmel auf.

Papa Paul war einfach zu blöde, um sein Leben in den Griff zu kriegen. Die Welt war schön, genau wie seine Frau, die schöne Eva, und mit der kleinen E-Punkt hätte er den ganzen Tag spielen können, aber er wollte lieber in der engen Bude hocken und nur seine bescheuerte Spieluhr drehen.

»Er hatte mich nicht lieb.« Elisa nickt vor sich hin. Weder das Wimmern von Oma Eins noch das tierisch laute Geklapper vom Küchentisch können ihre Gedanken ablenken. »Wenn er mich richtig lieb gehabt hätte, hätte er mit dem Trinken aufgehört.«

Als sie wieder in Evas Gesicht sieht, ist es wie mit Wachs überzogen, ihre Stimme dünn wie ein Grashalm: »Wenn Liebe alle Alkoholiker heilen könnte …« Eva steht auf und wirft einen Blick in Max' Richtung. Max sieht Eva kurz an, blinzelt ein paar Mal und räumt dann weiter den Tisch auf.

Eva geht zur Kommode rüber. Aus der untersten Schublade, die nur mit Ruckeln und einem Spezial-Schlag auf die richtige Stelle aufgeht, fischt sie ein kleines Papp-Schächtelchen. Schon von Weitem lassen die Farben Elisas Kopfhaut kribbeln. Als Eva mit dem Schächtelchen wieder neben ihr sitzt und Elisa es in die Hand nimmt, kommt das Weinen.

Papa Pauls Spieluhr!

Elisa erinnert sich!

Die abgeschrammten Ecken … der Riss an der Stelle, wo die Kurbel aus der Schachtel ragt … die dunkelbraune Perle am Ende der Kurbel … der Tesafilm, ranzig-gelb und an den Enden zerfranselt, mit dem das Babyfoto über das eigentliche Motiv geklebt ist …

Sie erkennt sich nicht wieder, aber sie weiß, dass sie das ist auf dem Bild.

»Schau nur, Elisa, du warst das schönste Baby der Welt. Und jetzt bist du das schönste Mädchen der Welt. Willst du auch mal drehen?«

»Ja!«

Wenn sie durch den Mund atmet, riecht sie den Schnaps kaum. Dann kann sie ihre Wange beim Kurbeln an Papa Pauls Wange legen. Das ist kratzig, aber warm.

»Das Schönste für die Schönste. Für Elise für Elisa.«

Dü-del-dü-del-dü-del-dü-del-düüü.

Die kleine Holzperle in ihren Fingern bleibt starr, obwohl die Kurbel sich dreht. Elisa erinnert sich genau an das Gefühl. Und daran, wie sie sich immer darüber gewundert hat. Jetzt erkennt sie, wie es funktioniert: Die Kugel ist nicht an der Kurbel festgeklebt, sondern kann sich frei drehen. Wie die Erde um die Sonne. Es ist ganz einfach!

Düdeldüdeldüdeldüdeldüü.

Papa Paul war Alkoholiker. Er liebte seine Familie, aber er hat leider sehr viel Mist gebaut. Vielleicht hat er sich Mühe gegeben, mit dem Trinken aufzuhören, aber er hat es nicht geschafft. Vielleicht hatte er Angst vor der großen weiten Welt. Vielleicht hat er deswegen seine Tochter so genannt wie sein Lieblingslied, damit die Welt ganz klein wird, so klein wie eine Spieluhr.

Am Ende hat er einen schlimmen Fehler gemacht und ist betrunken Auto gefahren. Da war die Welt für ihn vorbei.

Seine beiden anderen Töchter konnte er nicht mehr kennenlernen.

Elisa hört auf, die Kurbel zu drehen.

Die Stille, die sie jetzt einhüllt, ist so ähnlich wie die Stille, wenn man aus einem Traum aufwacht und sich in seinem Bett wiederfindet. Man hat noch nicht so richtig kapiert, dass man aufgewacht ist.

Elisa hebt den Kopf. Ihr Blick landet auf Mai und Juni. Langsam legt sich das Bild von den beiden, wie sie mit großen Augen auf dem Sofa sitzen und ihre Beine miteinander verzwirbelt haben, über Elisas Erinnerungsbilder.

»Papa Paul tut mir leid«, sagt sie. »Und wir tun mir auch leid.« Und als sie ihre eigene Stimme hört, wird ihr endgültig klar, dass sie wieder im echten Leben angekommen ist. Sie lächelt Mai und Juni an. »Zum Glück haben wir's ansonsten ja krass schön.«

Ein gigantisches Krachen und Klirren lässt sie alle zusammenzucken. Max blinzelt entgeistert den Scherbenhaufen zu seinen Füßen an. »Entschuldigung«, wispert er. »Das wollte ich nicht. Ich räum das wieder auf.« Aber er steht da wie festgefroren. Nur seine Augenlider klimpern und klimpern.

»Ist schon gut, Max.« Eva geht zu ihm. Sie legt ihm eine Hand auf die Schulter und wartet. Dann die andere Hand auf die andere Schulter. Max bewegt sich nicht. Ganz vorsichtig zieht Eva ihn zu sich heran. Er lässt alles mit sich geschehen, wie eine Schaufensterpuppe. Eine Weile stehen sie einfach so da, aber dann schlingt plötzlich die Puppe ihre Arme um Evas Rücken.

Max macht keinen Mucks, nur an seinem Zittern kann Elisa erkennen, dass er weint.

Sie muss ihren inneren Kaffeetisch nicht decken, denn die Gedanken setzen sich gar nicht erst hin, um aufzuzählen, was Joram alles über Max erzählt hat und was Elisa gefühlt und gerochen hat, als sie vorhin bei ihm durchs Fenster gefallen ist. Der einzige Gast, der kommt, bleibt stehen und macht sich auch nicht die Mühe, im ganzen Satz zu sprechen. Er ruft einfach nur:

Max' Mutter!!!

»Ach du Kacke!«, flüstert Elisa.

***

Tristan schiebt Elisas Decke ein Stück zur Seite und setzt sich auf die Gartensofabettkante. »Hey, du!«, sagt er leise.

»Selber!« Elisa lächelt ihn an. Seine rechte Gesichtshälfte wird sanft vom Windlicht beschienen, das Elisa auf den Tisch gestellt hat, damit B-O sehen kann, wo er ist.

»Meinst du, du kannst schlafen?«, fragt Tristan.

Elisa nickt. »Ich glaub schon.« Sie ist so müde wie selten zuvor in ihrem Leben, wollte aber unbedingt noch wach bleiben, bis Tristan zurück ist. »Meinst du, Max kann schlafen?«, fragt sie.

Tristan holt tief Luft. »Ich hoffe es.«

»Du hast lang gebraucht, oder?«

»Ja. Es ist schon fast elf.« Tristan reibt sich über die Wangen, dass seine Bartstoppeln knistern. »Als wir vor der Tür standen, kam gerade Max' Vater vom Schichtdienst nach Hause.«

»Und?«, fragt Elisa. »Hat er mit dir geredet?«

Tristan nickt. »Ja, klar. *Ich* hab mit *ihm* geredet. Immerhin hatte ich seinen Sohn im Schlepptau, den *du* entführt hast.« Sein Grinsen gerät etwas schief, und er wird sofort wieder ernst. »Ich war feige, Elisa. Ich hab erst mal so getan, als würde es um B-O gehen. Allergienotfall und so.«

»Tut es doch auch!«

»Ja.« Tristan macht eine Pause. »Auch.«

»Und?« Elisa setzt sich auf. »Hat er dich reingelassen?«

Tristan verdreht vielsagend die Augen. »Nicht wirklich. Er hat versucht, mich abzuwimmeln, und ich wollte mich auch nicht aufdrängen. War ja auch mitten in der Nacht.« Seine Stimme macht eine Kurve, als würde da noch was kommen.

»Aber?«

»Aber Max hat die Tür einen Spalt offen gelassen, als er rein ist.«

Diesmal ist es Elisa, die tief Luft holt. »Und da konntest du nicht widerstehen?«

Tristan knistert wieder mit seinen Bartstoppeln. »Na, weißt du, ›widerstehen‹ … Es war nicht gerade das Paradies, das hinter dieser Tür lockte.«

Elisa schießt sofort der stechende, ekelhafte Geruch in die Nase. »Ich weiß«, flüstert sie.

Tristan streicht ihr durch die Locken. »Ich hab das als Hilferuf gesehen.« Ein leichter Wind kommt auf und trägt einen Hauch von Tristans Aftershave zu Elisa.

»Und dann?«

»Bin ich rein.« Die Kerze flackert und malt zuckende Schattengeister auf Tristans Wange. »Es war ein ziemlich … schwieriges Gespräch, aber der Mann ist eigentlich sehr vernünftig. Zum Glück. Morgen Vormittag fahr ich noch mal zusammen mit Eva zu ihm, da hat er frei. Mal sehen, ob wir da irgendwie helfen können.«

»Weiß er das schon, oder überfallt ihr ihn einfach?«

»Natürlich weiß er das.« Tristan knufft sie durch die

Decke. »Nicht alle gehen nach deinen rabiaten Methoden vor, weißt du?«

Elisa kichert. »Selber schuld.« Sie kuschelt sich wieder in ihre Decke. »Du, Tristan?«

»Mmmh.«

»Meinst du, Max kann sich überhaupt um ein Tier kümmern? Ich glaube, er muss sich schon um viel zu viel kümmern.«

Tristan guckt Elisa lange an. Kein Lüftchen rührt sich, die Kerze leuchtet flackerfrei vor sich hin und teilt Tristans Gesicht in eine dunkle und eine helle Hälfte. »Ich glaube, Max kümmert sich nur um das Falsche, Elisa. B-O wäre genau richtig für diese Familie.«

Sie würde gerne nachfragen, was Tristan genau damit meint, aber mit einem Mal überzieht sie die Müdigkeit wie eine Million winzige Blubberbläschen, und sie spürt, dass sie nichts mehr fragen muss, sondern einfach die Augen zumachen darf.

Tristan verschwindet, das Windlicht verschwindet, der Sternenhimmel verschwindet ... Dunkelheit, wohlige, samtige Dunkelheit hüllt Elisa ein. Eine Hand fährt durch ihre Locken. Eine Vater-Stimme sagt: »Gute Nacht.«

Eckstein, Eckstein, alles muss versteckt sein, vor mir, hinter mir, unter mir, über mir, rechts und links von mir, zwischen meinen Hosenbeinen gilt es nicht, ich komme!« Elisa nimmt die Hände vom Gesicht und sieht sich um. Unter dem Esstisch hört sie haltloses Kichern, begleitet von einem wütenden »Psssssst!«.

»Mmmmh. Wo können die beiden denn nur stecken?« Sie stakst zur Sofaecke. »Hier vielleicht?« Sie lugt hinter den Sessel. »Nein.«

Das Kichern wird lauter. Das »Psssst!« wird wütender.

Elisa tastet vorsichtig Mais Decke ab, die ausgebreitet auf dem Sofa liegt. »Sind sie vielleicht hier drunter?«, murmelt sie gut hörbar und zieht mit einem dramatischen Ruck die Decke weg. »Auch nicht.«

Das Kichern erreicht den Höhepunkt der Aufregung.

Elisa schleicht weiter. »Mmh, sind sie vielleicht irgendwo im Flur?« Schwungvoll reißt sie die Tür auf – und fällt fast in Ohnmacht vor Schreck. »Joram!« Ihr

Herz schlägt ihr bis zum Hals. »Was machst *du* denn hier?«

»Frahai!«, brüllen Mai und Juni hinter ihr im Chor und schlagen sich an der Treppe ab.

Joram versucht, das Gleichgewicht zu halten, während Juni ihn begrüßt. »Spielst du mit?«, ruft sie. »Du bist!«

Joram hält sich die Augen zu und fängt laut an zu zählen: »Eins.« Juni rast kreischend und kichernd davon und schnappt sich im Vorbeifliegen Mais Hand.

Joram linst durch seine Finger und sagt leise zu Elisa: »Ich muss dir was erzählen.« Dann, laut: »Zweeeeeei!«

Hektisches Poltern auf der Treppe.

Leise: »Max redet heute mit seinem Vater, wegen B-O!« Laut: »Dreeeeei!«

Türenknallen bei Oma und Opa Eins.

Leise: »Es kann sich jeden Moment entscheiden, ob er ihn nehmen darf.« Laut: »Viiiiiiier!«

Stille.

Elisa schluckt.

»Fünf!«, ruft Joram. »Ich komme!« Er winkt Elisa verschwörerisch zu und schleicht sich auf Zehenspitzen nach draußen auf die Terrasse. Elisa atmet tief durch und folgt ihm. Auf dem Tisch steht eine Schale mit klein geschnittenem Apfel. Elisa nimmt sie und setzt sich damit im Schneidersitz vor B-Os Käfig. Vorsichtig hält sie ihm einen Apfelschnitz durch die Gitterstäbe. B-O kommt sofort im Krebsgang angetrippelt und sieht ihr kurz in die Augen, bevor er sanft das Stück zwischen ihren Fingerspitzen hervorzieht. Elisas Magen krampft sich zusammen. Das ist vielleicht das letzte Mal, dass B-O ihr etwas aus der Hand frisst …

»… du mir eigentlich zu?«

»Was?« Elisa reißt ihren Blick mühsam von B-O los und hievt ihn zu Joram hoch, der sich auf dem Gartensofa zu ihr vorlehnt.

»Ich hab dir grad erzählt, dass ich Max eure Telefonnummer gegeben hab und er sofort anrufen will, wenn er was weiß.«

»Oh«, sagt Elisa. »Aha.«

Joram legt den Kopf leicht schief. »Elisa.«

So sanft hat sie seine Stimme noch nie gehört. So … liebevoll. Da klingt ›Elisa‹ fast schön – aber nur fast!

»Mach dir keine Sorgen. B-O würde es gut bei Max haben. Du kennst ihn noch nicht richtig, aber er ist wirklich ein netter Kerl. Und er hat auch schon im Internet alles nachgelesen, was man über Beos wissen muss.«

Elisa nickt.

»Und seine Mutter …« Joram stockt. »Also, ich glaube, das hätte mit B-O nichts zu tun. Er hätte es da trotzdem gut.«

Elisa nickt wieder. »Ich weiß.«

»Übrigens war Max heute Morgen wieder in der Schule und danach bei mir.«

»Gut«, sagt Elisa. »Habt ihr euch vertragen?«

Joram nickt. »Das mit den Gehirnwäschern hat er zurückgenommen, und dass du durchgeknallt bist, auch. Ihr könntet vielleicht ...«, er sieht sie unsicher an, »... miteinander klarkommen?«

Elisa lächelt. »Wir werden Freunde.«

In Jorams sanfte Gesichtszüge gräbt sich Verwunderung. »Ihr werdet – was?«

»Freunde! Alles wird gut.«

Jetzt stehen Joram hundert Millionen Fragezeichen ins Gesicht geschrieben. »Alles wird gut?«

Elisa nickt.

»Aber – du siehst so traurig aus.«

»Na, weil ich traurig *bin*.« Sie guckt wieder zu B-O, der ihr gerade ein Apfelstückchen auf den Schoß geschleudert hat. »Ich werde B-O furchtbar vermissen. Und ich bin voll überrumpelt, dass er heute schon gehen muss.«

Joram lehnt sich im Sofa zurück. »Noch ist ja nicht entschieden, ob Max ihn wirklich nimmt.«

Elisa sieht Joram an. »Natürlich ist das entschieden. Max darf B-O nehmen. Er wird sich super um ihn kümmern. Du und ich, wir besuchen die beiden zusammen. Und wahrscheinlich heilt B-O auch irgendwie die Mutter von Max.«

»Äh. Ein *Beo*«, Joram spricht das Wort aus, als hätte Elisa dieses Wundertier gerade frisch erfunden, »heilt die Mutter von Max?«

»Ich geh mal davon aus. Tristan hat auch so was in die Richtung gesagt.«

B-O wetzt sich den Schnabel an der Stange.

»Wie das genau abläuft, kann ich dir noch nicht sagen, aber ich bin mir ziemlich sicher, dass es passiert.«

»Und wieso bist du dir da so sicher?«

»Der kosmische Plan.«

»Der kosmische Plan?«

»Der kosmische Plan.«

Joram atmet hörbar ein.

Elisa nimmt noch einen Apfelschnitz aus der Schale und reicht ihn zu Joram aufs Sofa hoch. »Du willst mir doch wohl nicht erzählen, dass du nach der ganzen Sache mit B-O immer noch nicht an den kosmischen Plan glaubst, oder?«

Zögerlich greift Joram nach dem Apfel. »Was denn für eine ›ganze Sache mit B-O‹?«

Elisa schnalzt mit der Zunge. »Junge, Junge.«

»Jetzt mal ehrlich!« Joram macht ein sehr sachliches Gesicht. »Was ist denn kosmisch daran, wenn Max B-O nimmt? Die Chancen stehen 50:50. Entweder sein Vater sagt Ja oder er sagt Nein. Das hat nichts mit dem Universum zu tun, sondern mit der Laune von Max' Vater.«

Elisa sieht Joram an. Ihr Gegenteil. Er ist total überzeugt von seiner 50:50-Theorie. Elisa muss an diese Spezialbrille beim Augenarzt denken, mit der man plötzlich einen Schmetterling erkennen kann, wo vorher nur schwarz-weißes Schneegestöber war. Irgendwie fehlt Joram die Brille für den großen Zusammenhang.

Sie holt tief Luft, um ihm alles zu erklären, aber da erscheint plötzlich ein verirrtes kleines Glühwürmchen, schwirrt um Jorams sachliches Gesicht herum und blinkt selbstzufrieden mit dem Hintern.

Und da lässt Elisa es bleiben. Wahrscheinlich hält er es für Zufall, dass Annelie und Arthur genau in dem Moment mit B-O ankamen, als Elisa den totalen Groll auf Tristan hatte, und sie es darum als kosmisches Zeichen der Versöhnung gedeutet hat, dass ausgerechnet Tristans Eltern ihr das schönste Geschenk ihres Lebens mitbringen. Er meint wahrscheinlich, Mai und Juni hätten *zufällig* eine Allergie gegen Beos, die Elisa zum ultimativen Ausraster geführt hat, weil sie dachte, dass von Tristan nun doch nicht das perfekte Glück, sondern eine Gefahr für die Kleinen ausgeht, was dann die Einser dazu gezwungen hat, endlich auszupacken und die Wahrheit über den Unfall mit Papa Paul zu erzählen. Er denkt auch garantiert, es war Zufall, dass er sich mit Max gestritten hat und Elisa deswegen bei Max durch das – zufällig offene – Fenster einsteigen musste, um das neue Zuhause für B-O zu checken und so auf seine Mutter gefallen ist, was Elisas Erinnerung an Papa Paul wiedergebracht hat.

Es ist ein bisschen schade für ihn, dass er den Schmetterling verpasst. Aber Joram ist eben Joram. Vielleicht hat er irgendeine andere coole Brille, mit der er Krokodile sehen kann. Oder so.

Sie zucken beide zusammen, als im Wohnzimmer das Telefon klingelt. Elisas Magen versteinert. Jetzt ist es also so weit. Sie sieht Joram an. Das Telefon klingelt wieder.

»Geh ran«, flüstert Joram.

Elisa schüttelt den Kopf. Ihr Hals fühlt sich an, als wäre er mit Kieselsteinen aufgefüllt.

»Das ist vielleicht Max«, drängt Joram. Das Telefon klingelt wieder. Elisa kann sich nicht rühren.

Joram schnauft und springt auf. Seine Ohren sind knallrot, als er abnimmt: »Hallo?«

B-O klingelt seinen Handyton.

»Hier, äh, bei Bonnekamp ... und Kaiser.« Joram lauscht in den Hörer, dann wirft er Elisa einen alles sagenden Blick zu. »Hi, Max.«

Elisa hört nur noch mit halbem Ohr, was durch die Terrassentür nach draußen dringt. »Ernsthaft?! – Das ist ja super! – Sollen wir ihn vorbeibringen oder holt ihr ihn ab? – Okay, dann bis nachher!«

Der Käfig verschwimmt hinter einer Tränenwand,

B-O hüpft verschwommen über den Boden und pickt die letzten superverschwommenen Apfelreste auf.

»Jetzt lernst du gleich deinen neuen Vater kennen«, flüstert Elisa ihm zu. »Es ist der beste Vogelkümmerer auf der ganzen Welt, wie ich es dir versprochen habe.«

Bei Oma und Opa Eins wird plötzlich mit Karacho die Tür aufgerissen. »Jetzt telefoniert ihr auch noch, ihr blöden Blödis?«, brüllt Mai. »Wir sind unter dem Bett schon ganz verstaubt!«

Dass ich da nicht schon beim ersten Mal drauf gekommen bin!« Vorsichtig setzt Elisa den kleinen Krabbler in den Murmel-Becher, der in der Mitte vom Parcours steht. Sie hat über zwei Stunden den Garten absuchen müssen, um ein Glühwürmchen zu finden.

Unendlich langsam kämpft es sich über die hubbelige Murmel-Oberfläche.

»Der Marienkäfer war das komplett falsche Tier. Der ist mittendrin eingeschlafen, stell dir das mal vor! Bei einem so krass wichtigen Experiment! Aber du, du bist perfekt.«

Das Glühwürmchen macht schon die erste Verschnaufpause. In Zeitlupe rutscht es an einer Murmel runter und fällt auf den Rücken.

»Oh.« Elisa hält den strampelnden Beinchen einen Finger hin. »Du bist nicht so gut in Form, kann das sein? Hattest du dich in deinem Holzstapel etwa schon auf Winterschlaf eingestellt?« Elisa hat keine Ahnung, ob Glühwürmchen überhaupt Winterschlaf machen. Wenn man sich dieses Exemplar hier anguckt, sieht es schwer danach aus. »Es ist aber noch nicht mal ganz Herbst, Missjöh.«

Mühsam arbeitet sich das Glühwürmchen bis zum Becherrand vor und entdeckt die Lineal-Rampe, die auf den Boden führt. Jetzt krabbelt es einen Tick schneller.

»Na also«, flüstert Elisa. Endlich fluppt es. Sie konzentriert sich auf Joram, aber noch bevor sie die Augen zumachen kann, um seinen Duft zu erschnüffeln, bleibt das Glühwürmchen bei 8,7cm stehen.

Und steht.

»Lass mich nicht hängen«, bettelt Elisa. Sie kneift die Augen zu und stellt sich noch mal Jorams Duft vor. Diesmal klappt es! Braune Blume, süß und herb, Glück und Traurigkeit.

»Na komm, du Glühwurm«, Elisa linst zum Lineal, »das muss dich doch antreiben!«

Aber das Glühwürmchen rührt sich nicht vom Fleck.

Sie pustet ihm sanft auf den Rücken. »Sommerwind«, säuselt sie. »Natur, Leben, Luft ...«

Das Glühwürmchen spielt toter Käfer.

»Nicht schon wieder.«

Vielleicht darf man keine zwei Experimente zu ein und demselben Thema machen? Auch nicht, wenn seit dem letzten Versuch über zwei Monate vergangen sind? Auch nicht, wenn man das Versuchstier wechselt? Vielleicht bringt es sogar Unglück, und Elisa erfährt jetzt niemals, ob sie in Joram verliebt ist oder nicht? Vielleicht ist es auch einfach nur die falsche Methode? Aber was soll sie denn sonst noch versuchen? Das erste Experiment hat nichts gebracht. Dass sie sich die Augen verbunden hat, um besser fühlen zu können, hat nichts gebracht. Dass sie sich einen anderen Namen zugelegt hat und sich als Holly hundertprozentig sicher war, sie wäre nicht in Joram verliebt, hat auch nichts gebracht, weil Elisa jetzt wieder Elisa ist, und *die* ist sich da überhaupt nicht mehr sicher! Vor allem nicht seit gestern.

Seit Joram sie angerufen und erzählt hat, dass Max ihn für heute zum ersten Mal zu sich nach Hause eingeladen hat. Er hat sich zwar gefreut, aber Elisa hat sofort gemerkt, dass ihm die ganze Sache auch ein bisschen unheimlich ist. Und dann ist seine Stimme irgendwie klein geworden und er hat Elisa gefragt, ob sie mitkommen würde. Nicht, ob sie *will*, um B-O wiederzusehen oder so. Sondern ob sie *würde*. Joram zuliebe.

Joram. (Zu.) Liebe.

Da ist eine dermaßen riesige Lastwagenladung Glühwürmchen auf sie draufgekippt, dass Elisa komplett darunter verschüttet war.

Es bollert gegen die Tür. Im nächsten Moment fliegt sie auf, und Mai und Juni rutschen auf ihren Pos ins Zimmer. »Uns ist langweilig!«

Okay, jetzt ist es offiziell!

Dieses Experiment soll nicht stattfinden.

»Was machst du denn da?«

»Ein Experiment. Ist aber schon vorbei.«

»Wo ist der Käfer?«

»Da. Ist aber kein normaler Käfer, sondern ein Glühwürmchen.«

»Boah, cool. Und was hast du rausgekriegt?«

»Nichts.«

Zwei riesige olivfarbene Augenpaare sehen sie erstaunt an. »Warum nicht?«

Elisa zuckt mit den Schultern. »Ist eben manchmal so.« Sie nimmt das Glühwürmchen sanft zwischen Daumen und Zeigefinger und geht mit ihm zum Fenster. Als sie es öffnet, braust ein kühler Wind ins Zimmer und rüttelt an ihren Locken. »Hier hast du dein Glühwürmchen zurück«, flüstert sie dem kosmischen Plan zu und lässt es in das Gebüsch unter ihrem Fenster fallen. »Könntest du mir stattdessen bitte eine Idee schicken, was ich sonst noch machen kann?«

»Was war denn die Frage?«, fragt Mai.

Elisa dreht sich zu ihr um. »Die ist geheim.« Und bevor wieder wildes Protest-Gemecker kommt, startet sie ein Ablenkungsmanöver: »Papa-Paul-Geschichte?«

»Au ja!«, rufen die beiden im Chor.

Mai rupft sich sofort die Socken von den Füßen und klettert wie ein Äffchen in Windeseile das Seil zu Elisas

Hänge-Bett hoch. Unter dem Kopfkissen zieht sie das grüne Notizbuch hervor, reicht es von oben an Juni runter und klettert in derselben Windeseile wieder zurück.

»Rekord?«, fragt sie aufgeregt.

»Rekord«, antwortet Elisa. »Gefühlte zwei Sekunden.«

»Jess!« Mai und Juni klatschen sich ab.

Elisa kehrt alle Klamotten, die auf der Erde liegen, zu einem Haufen zusammen und schiebt ihn unterm Hänge-Bett gegen die freie Wand. Rechts ein Zwilling, links ein Zwilling, kuschelt sich Elisa in die weiche Polsterung und streichelt über das Buch. Der verloren gegangene Papa-Paul-Umzugskarton war doch nicht leer. Seit ihr Gedächtnis den Unfall im Garten ausgespuckt hat, sind immer mehr Erinnerungen zurückgekommen. Manche sogar nachts, im Traum. Gute waren dabei, schlechte und welche, die sich ganz normal anfühlen. Und für diese Erinnerungssammlung benutzt Elisa jetzt das Notizbuch, das Joram ihr geschenkt hat.

»Dann sucht euch mal eine Geschichte aus.« Sie hält ihre Hände unter das Buch, sodass Mai und Juni es aufschlagen können.

Andächtig blättern sie zur ersten Seite. Auf die hat Elisa Papa Paul auf dem Sofa gemalt, wie er die Spieluhr dreht. Es war ganz schön schwer, seine Finger beim Kurbeln richtig hinzubekommen, aber jetzt ist Elisa sehr zufrieden mit dem Bild. Neben Papa Paul sitzt ein kleines Mädchen in einer grünen Hose. Als Elisa die Zeichnung angefangen hat und eine Farbe für die Hose aussuchen wollte, ist ihr Blick am grünen Buntstift hängen geblieben. Und da konnte sie sich plötzlich wieder genau an ihre Lieblingshose erinnern und daran, dass sie sie dauernd anziehen wollte, jeden Tag. Am Ende waren die Knie ganz steif, weil Oma Eins ungefähr zehn Flicken übereinander draufgenäht hatte.

Juni blättert weiter zu dem Bild mit dem Elefanten. Daran hat Elisa besonders lange gesessen. Zuerst hat sie versucht, einen Mann zu malen, der ein Kind auf den Schultern durch den Zoo trägt, aber irgendwas stimmte damit nicht. Es wollte einfach nicht zu ihrer Erinnerung passen. Dann hatte sie den ultimativen Geistesblitz – und jetzt sieht man auf dem Bild nur den Elefanten. Man guckt ihm genau in die Augen, denn auf Papa Pauls Schultern war Elisa mit dem Elefantenkopf auf gleicher Höhe.

Juni schlägt die nächste Seite auf. »*Die* Geschichte will ich hören!«, ruft sie sofort. Auf dem Bild sitzen Elisa, Eva, Papa Paul und die Einser ohne Stühle im Wohnzimmer auf einem bunten Teppich und essen.

»Das war der Tausend-Schälchen-Abend«, sagt Elisa, und rechts und links schmiegt sich ein Kopf an ihre Schultern. »Eva hatte an dem Tag eine Villa verkauft und so viel Geld verdient wie noch nie in ihrem Leben. Als sie nach Hause kam, hatte sie zwei riesige Tüten dabei, in denen lauter Pappschachteln mit Fressalien waren. Ich bin mit Papa Paul in die Küche gegangen, und da haben wir zusammen die ganzen Schachteln aus den Tüten geholt. Ich weiß noch, dass ich mich gewundert hab, dass manche warm waren und manche kalt. Die Tüten waren von innen ganz feucht. Und es hat voll aufregend geduftet.«

»Nach was?«, fragt rechts Juni.

»Das weiß ich nicht mehr.« Elisa ruckelt sich zurecht. »Es war auf jeden Fall alles Zeug, was ich noch nie gegessen hatte. Wir haben die Schachteln aufgefaltet, und Papa Paul hat mir erklärt, wie die Gerichte heißen. Er kannte alle Namen und wusste, woraus das Essen gemacht ist, das fand ich irgendwie erstaunlich.«

»Ein Brei war aus Kichererbsen!«, ruft Juni und kichert.

»Genau.« Elisa lacht. »Wir haben dann alles aus den Pappschachteln in Schälchen, Schüsseln und auf Teller umgefüllt. Papa Paul hat gesagt, es soll ganz vornehm sein. Zur Feier des Tages.«

»Und dann?«

»Dann kam das Tollste: Dann haben wir die Schälchen auf dem Teppich im Wohnzimmer verteilt, weil der Tisch zu klein war!«

»So viel war das?«

»So viel war das.«

»Boah.«

»Opa Eins hat sich das Festmahl angeguckt und gesagt: Wenn wir das alles aufkriegen, fress ich zum Nachtisch noch einen Besen!«

Juni kichert. »Und was hat Oma Eins gesagt?«

»Oma Eins hat gesagt: Wenn wir das alles aufessen, dann kriegen wir nicht nur *morgen* Sonnenschein, sondern den ganzen Sommer lang.«

Mai stößt Elisa an. »Jetzt, was Eva gesagt hat!«

Elisa streichelt über das Bild. Sie kann die Geschichte so oft erzählen, wie sie will, an dieser Stelle bekommt sie immer einen Kloß im Hals. »Eva hat Papa Paul ganz komisch angeguckt. So kannte ich ihr Gesicht gar nicht. Irgendwie weich und gleichzeitig traurig. Und dann hat sie gesagt: Wenn wir das alles schaffen, schaffen wir alles.«

Einen Moment lang herrscht Schweigen. Elisa hört nur den leisen Atem von Mai und Juni, der ein bisschen schneller geht als ihr eigener.

»Und was hat sie damit gemeint?«, fragt Mai schließlich.

Elisa fährt mit dem Finger zwischen den gemalten

Schälchen entlang, als wäre ihre Fingerspitze ein Käfer und das Festmahl der Parcours. »Ich glaube, Eva hat sich ein Orakel gemacht. Dass mit Papa Paul alles wieder gut wird, wenn wir das Essen ratzeputz aufessen.«

»Und Papa Paul?«, haucht Juni.

»Papa Paul«, sagt Elisa und muss schlucken, damit der Kloß im Hals ihre Stimme wieder durchlässt, »Papa Paul hat Eva auch ganz komisch angeguckt und den Kopf geschüttelt und gesagt: Wenn wir das alles schaffen, kriegen wir einfach nur Bauchschmerzen.«

»Weil er nicht an das Orakel geglaubt hat«, sagt Mai finster.

Elisa nickt. »Nicht an das Orakel und nicht an den kosmischen Plan.«

»Und habt ihr alles aufgegessen?«, wispert Juni.

»Ja!« Elisa klappt das Buch zu. »Bis auf den letzten Krümel.«

»Und habt ihr Bauchweh bekommen?«

»Nein.«

»Und hat Opa Eins einen Besen zum Nachtisch gegessen?«

»Nein.«

»Und war den ganzen Sommer Sonnenschein?«

»Nein.«

»Aber!«, ruft Juni, kniet sich hin und sieht Elisa mit erwartungsvollen Kulleraugen an.

»Aber«, Elisa gibt ihrer Stimme einen möglichst geheimnisvollen Klang, »ich hatte mir auch ein Orakel gemacht.«

»Welches?«

»Ich hab gesagt – aber nur zu mir selber und nicht laut: Wenn wir das ganze Essen aufessen, dann krieg ich eine Schwester.«

»Wolltest du denn überhaupt eine haben?« Mai sieht Elisa unter zusammengezogenen Augenbrauen an.

Elisa nickt energisch. »Ja, unbedingt und schon ganz lange.«

Junis Wangen laufen vor Aufregung rot an. »Und hast du dann eine Schwester gekriegt?«

Elisa lacht und nimmt rechts Juni und links Mai in den Arm. »Sogar zwei!«

»Und das war der Beweis«, nuschelt Mai.

»Ja«, Elisa lässt die beiden wieder frei, »das war der ultimative Doppel-Beweis, dass es den kosmischen Plan wirklich gibt.«

»Noch eine Papa-Paul-Geschichte!« Mai schnappt sich schon das Erinnerungsbuch.

»Nein, jetzt 'ne Papa-Tristan-Geschichte!«, ruft Juni.

»Geht beides nicht.« Elisa steht auf. »Ich schnipple jetzt Obst für B-O. Ich muss ihm doch was mitbringen, wenn ich ihn besuche. Aber die Papa-Tristan-Geschichte könnt ihr euch ja gegenseitig erzählen.«

***

Elisa steht vor dem grauen Bungalow und schluckt. Sie hätte nicht gedacht, dass sie sich so mulmig fühlen würde. Eigentlich weiß sie ja, dass sie gleich endlich B-O wiedersehen wird, den sie die ganze Zeit so wahnsinnig vermisst hat. Eigentlich weiß sie, dass sie Max diesmal nicht aus dem Haus zerren muss, sondern dass er sich schon darauf freut, sie mal unter normalen Umständen zu sehen. Eigentlich weiß sie auch, dass seine Mutter nicht da sein wird, weil sie in einer Entzugsklinik liegt, um sich daran zu gewöhnen, ohne Alkohol zu leben. Eigentlich weiß sie, dass es jetzt im Haus nicht mehr eklig riechen wird.

Und trotzdem würde sie am liebsten wegrennen.

»Hallo, Elisa.«

Joram hat sie so erschreckt, dass sie kurz schreien muss.

»Alles okay?«, fragt er besorgt.

Elisa nickt. »Junge, Junge. Hi.«

»Hi.«

Sie lächeln sich nicht an. Sie spannen nur wieder eine magische Blickschnur.

Und dann, wie auf Kommando, drehen sie sich zum Bungalow um.

Keiner rührt sich. Der Wind zerzaust ihnen die Haare und heult ein wenig ums Haus, ansonsten ist es sehr still.

»Du hattest recht«, sagt Joram plötzlich und steckt die Hände tief in seine Jackentaschen.

»Womit?« Elisa sieht zu ihm rüber.

Eine Strähne wirbelt ihm kreuz und quer über die Stirn, als könnte sie sich nicht entscheiden, wo sie liegen bleiben soll.

»Mit Max und B-O.« Joram streicht die Strähne zurück, aber sie macht sich sofort wieder frei. »Du hast doch gesagt, dass B-O irgendwie Max' Mutter heilen würde, weißt du noch?«

»Klar.«

Joram zieht die Schultern hoch. »Geheilt ist sie zwar noch nicht, aber dass sie in die Klinik gegangen ist, hängt mit B-O zusammen. Glaub ich.« Er dreht den Kopf zu Elisa. »Allerdings hat das mit dem kosmischen Plan nichts zu tun. Es gibt eine ganz logische Erklärung.« Elisa sagt ihm nicht, dass Logik und der kosmische Plan sich nicht widersprechen. Sie sagt nur: »Was für eine Erklärung denn?«

Joram versucht wieder, die Strähne zu bändigen, aber es klappt nicht. Er holt tief Luft. »Ich hab mir ein Buch besorgt. Über Alkoholismus. Und da stand drin, dass man einen Alkoholiker niemals dazu kriegen kann, anderen zuliebe mit dem Trinken aufzuhören. Sie schaffen es nur, wenn sie es für sich selbst wollen. Und dazu ...«, er stockt, »... dazu müssen sie an ihren tiefsten Punkt kommen.«

Der Wind kriecht Elisa in die Jackenärmel. Und genauso eisig kriecht ihr die Erinnerung an Max in den Sinn, wie er mit dem Eimer in der Tür stand, um das Erbrochene seiner Mutter aufzuwischen. Elisa schaudert. »Wo ist denn der tiefste Punkt?«, fragt sie leise.

Joram sieht sie dunkeläugig an. »Weiß ich auch nicht genau.«

Während sie schweigen, wird die Blickschnur dicker und dicker. Was auch immer Papa Pauls tiefster Punkt gewesen wäre – er hat ihn nicht mehr miterlebt. Elisa zuckt zusammen, als Joram plötzlich weiterspricht.

»Max hat sich ja immer um alles gekümmert. Um sich selbst, um das Haus, aber vor allem halt um seine Mutter. Und als B-O dann kam, hatte er weniger Zeit für sie. Er hat ihr nicht mehr mit allem helfen können. Und da ...«

»... musste sie sich selbst helfen?«

Joram zuckt mit den Schultern. »Könnte doch sein, oder?«

Elisa nickt. »Ja, könnte sein.«

Dann erfolgt wieder das stumme Kommando, und sie sehen beide zum Bungalow rüber. Eine kräftige Bö kommt auf und weht Elisa so stark von hinten an, dass sie ein Schrittchen nach vorn trippelt. Der Wind scheint zu fragen, worauf sie denn eigentlich noch warten.

»Ich hab Bauchflattern«, sagt Joram. »Bekloppt, oder?«

»Es ist dein erster Besuch bei deinem besten Freund.« Elisa lächelt ihn an. »Da find ich Bauchflattern ziemlich okay.«

Das Lächeln, mit dem er jetzt zurücklächelt, ist so jorammäßig, dass Elisas Bauch gleich mitflattert von dem Gefühl, ihn so gut zu kennen.

»Tür oder Fenster?«, fragt sie und grinst.

Joram bleibt todernst und tut so, als würde er darüber nachdenken. »Ich bin für ... Tür.«

»Einverstanden.«

Sie hören leise die Klingel schrillen, als sie auf den Knopf drücken. Dann hören sie leise die Klingel schrillen, obwohl sie nicht mehr auf den Knopf drücken.

»Hä?«

»B-O«, flüstert Elisa.

Im nächsten Moment geht die Tür auf, und Max steht mit einer Schürze um den Bauch vor ihnen.

»Hi!«

»Hi.«

»Hi.«

»Kommt rein.«

Im Hausflur ist es hell, alle Zimmertüren stehen offen und lassen Licht durch. Es duftet nach frisch gebackenem Kuchen, nach warmem Kakao und nach – Beo!

»Hereinspaziert! Herzlich willkommen!«, krächzt es ihnen aus der Tür am Ende des Flurs entgegen.

»Ist das B-O?«, fragt Elisa ungläubig.

Max verdreht die Augen. »Allerdings. Der ist so eine Labertasche geworden, das glaubt ihr nicht.« Er nimmt Elisa und Joram die Jacken ab und hängt sie auf. »Geht schon rein, ich komm sofort.«

Elisa folgt mit klopfendem Herzen dem Krächzen. Sie muss B-O nicht erst suchen: Er fliegt gerade quer durchs Wohnzimmer und landet auf einer Sessellehne. »Nicht auf den Tisch, B-O!«, quäkt er dabei streng.

»Das ist ja die Stimme von Max!«, ruft Joram.

Elisa steht ganz still da. Es ist, als würde sie durch ein Fernrohr gucken, das auf B-O gerichtet ist. Alles andere sieht sie nicht.

Ob er sich überhaupt noch an sie erinnert? An die zwei Tage, als sie seine Vogelmutter war?

»Hallo, B-O«, sagt sie sanft.

B-O sieht sie an, legt seinen Kopf schief und flötet den Urwald-Ton. »Mein Lieblingston«, flüstert sie. »Du kennst mich noch!«

»Hassu-wassu-essen?«, gurrt B-O.

»Du sollst doch nicht betteln!«, ruft Max von nebenan.

Schuldbewusst beugt B-O sich runter und wetzt seinen Schnabel an der Sessellehne. Aber als Elisa ihre Tupperdose aufmacht und ihm ein Stückchen Birne hinhält, kommt er sofort angestakst und zieht es ihr aus der Hand.

»Dangedange«, nuschelt er mit vollem Schnabel und fliegt in die hinterste Ecke des Zimmers zu einem riesigen Kletterbaum mit knorrigen, rindenlosen Ästen. Dort zerfetzt er die Birne mit seiner Schleuder-Methode. Unter dem Baum ist ein großes Wachstuch ausgebreitet, auf dem eine kleine Badewanne steht. Das Wachstuch ist patschnass. Offenbar hat B-O sich ihnen zu Ehren vorhin noch mal frischgemacht.

Ganz oben an der Wand entdeckt Elisa einen Holzkasten mit einem runden Loch in der Mitte. Das muss B-Os Schlafbox sein.

»Guck mal«, sagt Elisa zu Joram. »Er hat ein Hängebett, genau wie ich.«

»Skandal!« Max kommt mit einem Marmorkuchen aus der Küche. »Ihr sitzt ja noch gar nicht!«

»Skandal!«, echot B-O mit Max-Stimme.

Erst jetzt bemerkt Elisa den liebevoll gedeckten Tisch mit Kakao und Saft und Blümchen-Geschirr und Servietten, die zu Schwänen gefaltet sind!

»Wow«, sagt sie, »hast du das alles gemacht?«

Max blinzelt verlegen. »Ist doch nichts Besonderes«, murmelt er und stellt den Kuchen auf den Tisch. »Nur Kerzen können wir leider keine anmachen.« Er deutet mit dem Kopf in Richtung B-O. »Das ist zu gefährlich.«

»Wo hat B-O denn seinen Käfig?«, fragt Joram.

Max schüttelt den Kopf. »Drinnen hat er gar keinen. Nur nachts, da geht er in seine Schlafkiste.«

»Er kann im ganzen Haus frei rumfliegen?«, fragt Elisa. »Das ist ja cool.«

»Wollt ihr mal was *richtig* Cooles sehen?« Max zieht die Schürze aus, geht zu B-O rüber und hält ihm seinen Arm hin, den B-O sofort als Rampe zu seiner Schulter benutzt. »Kommt mit.« Er hebelt die Terrassentür auf und geht nach draußen. Mit B-O auf der Schulter!

Fliegt der nicht weg?, will Elisa fragen, aber als sie B-O liebevoll an Max' Ohrläppchen knabbern sieht, wird ihr klar, dass die Frage komplett überflüssig ist.

»Was sagt ihr jetzt?« In Max' Stimme liegt eine Mischung aus Stolz und Freude.

»Hammer!«, hört Elisa Joram neben sich japsen.

Und als sie es schafft, ihren Blick von B-O loszureißen und in Richtung Garten zu schwenken, da sieht sie ihn: den einsamen Nussbaum, um den herum der riesengrößte Außenkäfig gebaut ist, den Elisa jemals gesehen hat! Höher als die Baumkrone.

»Wer hat den denn gemacht?«

»Mein Vater.« Max öffnet die schmale Drahttür, die ins Innere des Geheges führt. »Ich hab natürlich geholfen. Hier haben wir mehr oder weniger den kompletten Sommer verbracht. Hereinspaziert! Herzlich willkommen!«

Das »Herzlich willkommen!« kräht B-O mit. Sobald sie den Riesenkäfig betreten haben, flattert er los und verschwindet irgendwo in der Baumkrone.

»Wollt ihr mal rauf?« Max klopft einladend auf die Stufen-Bretter, die am Stamm festgenagelt sind.

»Klar!« Elisa klettert sofort los. Irgendwo hoch oben hört sie eine leise Melodie. Wo die Bretter aufhören, gabelt sich der Stamm in mehrere dicke Äste, die eine Art Sofaecke mitten im Baum bilden. Die Blätter sind rot und gelb, aber immer noch dicht, sodass von dem Maschendraht und der Welt dahinter nichts zu sehen ist.

»Wie cool!« Elisa macht es sich bequem und wartet, dass Joram und Max hinterherkommen. Aber B-O ist schneller. Er landet auf dem Ast, den Elisa als Rückenlehne benutzt, und legt den Kopf schief. Dann stakst er vorsichtig näher. Elisa lächelt ihn an. Er kommt noch einen Schritt näher – und berührt mit seinem Krallenfuß ihre Schulter! Elisas Herz klopft wie verrückt. Sie wagt es nicht, sich zu bewegen. Der Fuß wird schwerer, sie spürt die Krallen deutlich durch ihren Pulli. Dann tappt der zweite Fuß dazu. Durch ihren ganzen Körper kribbelt und krabbelt das Glück wie nasse Brause.

»Guck mal!«, flüstert sie Joram entgegen, der gerade kreideweiß und mit dem Höchste-Konzentrations-Mund oben ankommt. Aber er guckt nicht. In Zeitlupe und ziemlich umständlich ertastet er sich einen Pfad zu Elisa und lässt sich zögerlich neben ihr nieder, als wollte er erst mal testen, ob der Ast ihn auch wirklich trägt.

Max' Bewegungen ist nicht anzumerken, dass er sich gerade in luftigen Höhen befindet. Ganz selbstverständlich und schwungvoll setzt er sich ihnen gegenüber auf einen Ast. »B-O hockt ja auf deiner Schulter!«, sagt er anerkennend zu Elisa. »Darauf kannste dir was einbilden.«

»Tu ich ja schon«, flüstert sie zurück.

Rechts von ihr sitzt Joram, so nah, dass sie seinen Duft riechen kann. Links auf ihrer Schulter sitzt B-O, und als er zärtlich an ihrem Ohrläppchen zupft, bekommt Elisa die schönste Gänsehaut ihres Lebens.

»Gib Küsschen, Schnucki!«, gurrt er ihr liebevoll zu, und da durchfährt es Elisa so heftig, dass sie auf ihrem Ast beinahe das Gleichgewicht verliert. B-O fliegt hektisch auf und flüchtet auf Max' Schulter.

»Ich Depp!« Elisa schlägt sich mit der Hand vor die Stirn. »Ich Ober-Depp!!!« Sie dreht sich zu Joram um und nimmt sein bleiches Gesicht in beide Hände. »Nicht erschrecken!«, sagt sie warnend. »Experiment!«

Und dann küsst sie ihn.

Kein Feuerwerk.

Kein Orkan.

Kein Frauenchor.

Kein Konfettiregen.

Sondern was viel Krasseres, das keinen Namen hat.

Ruth Löbner, Jahrgang 1976, studierte Allgemeine Sprachwissenschaft in Köln und Düsseldorf. Sie arbeitet als freischaffende Kinderbuchautorin und lebt mit ihrer Familie in Rheydt. Ihre Texte wurden in mehrere Sprachen übersetzt.

Karsten Teich, geboren 1967, studierte Kunst an der Hochschule der Künste in Kassel. Seit 2001 illustriert er Kinderbücher für verschiedene Verlage. Seine Figuren und Geschichten haben inzwischen viele Freunde gefunden. Er zeichnet, schreibt und lebt mit seiner Familie in Berlin.

Dieses Buch muss man einfach lieben!
HAMBURGER MORGENPOST

Ruth Löbner
SPAGHETTI MIT SCHOKOSOSSE
192 Seiten
mit zahlreichen Abbildungen
ISBN 978-3-414-82279-6

Joram ist total kribbelig: Nur noch vier Tage bis zur Aufnahmeprüfung fürs Musikinternat! Dass Papa sich ausgerechnet heute einfallen lässt, Joram seine neue Freundin samt Anhang vorzustellen, ist irgendwie typisch. Anders sollen sie alle sein. Was das bedeutet, erfährt Joram, als er sich mitten im Großfamilien-Chaos wiederfindet. Zur Krönung will ihm seine neue »Schwester« Elisa mit einem Käfer-Experiment weismachen, dass das Musikinternat gar nicht das ist, was er sich eigentlich wünscht. Joram ist drauf und dran zu glauben, in einem verrückten Traum gelandet zu sein.